や様は告らせたい
の恋愛人狼戦～

小説版
かぐや様は告らせたい
～天才たちの恋愛人狼戦～

かぐや様は告らせたい
～天才たちの恋愛人狼戦～
小説版
原作 赤坂アカ
小説 羊山十一郎

人物紹介!!
四宮かぐや
しのみやかぐや
★秀知院学園高等部2年
★生徒会…副会長
★身体的特徴…美少女
★本作の主人公の一人
白銀御行
しろがねみゆき
★秀知院学園高等部2年
★生徒会…会長
★身体的特徴…目付きが悪い
★本作の主人公の一人
石上優
いしがみゆう
★秀知院学園高等部1年
★生徒会…会計
★身体的特徴…根暗前髪
★本作の裏主人公
藤原千花
ふじわらちか
★秀知院学園高等部2年
★生徒会…書記
★身体的特徴…ゆるふわ巨乳
★本作のヒロイン
早坂愛
はやさかあい
★秀知院学園高等部2年
★身体的特徴…アイルランド人のクオーター
★本業…四宮家かぐや付き近侍《ヴァレット》
伊井野ミコ
いいのみこ
★秀知院学園高等部1年
★生徒会…会計監査
★身体的特徴…低身長
★裏ヒロイン

あらすじ!!

家柄も人柄も良し!!
将来を期待された
秀才が集う秀知院学園!!
その生徒会で出会った、
副会長・四宮かぐやと
会長・白銀御行は
互いに惹かれているはずだが…
何もないまま半年が経過!!
プライドが高く
素直になれない2人は、
面倒臭いことに、
〝如何に相手に告白させるか〟
ばかりを考えるように
なってしまった!?
恋愛は成就するまでが楽しい!!
新感覚〝頭脳戦〟ラブコメ!!

かぐや様は告らせたい

小説版

~天才たちの恋愛人狼戦~

contents

プロローグ

「今度の三連休、みんなで旅行に行きませんか？」

藤原《ふじわら》がそう言ったのは、そろそろ一学期も終わりが見えてきた頃のことだった。

生徒会としては、間近にフランスの姉妹校との交流会が控えていたが、幸いにも今年は相手側が全てを準備してくれることになっている。そのため、白銀《しろがね》たちに時間があることは確かだった。

「うちが持ってる別荘に、面白いゲームができるところがあるんです。それも、ただのゲームではないですよ。なにせ、我が家に代々伝わる由緒正しいゲームなんですから」

そう自信満々に藤原は言うが、それを聞いた白銀と石上《いしがみ》は思わず顔を見合わせてしまった。

「……藤原家に？」

「……代々伝わるゲーム？」

警戒するような目で藤原を見つめる男二人。

だが、藤原はそんな男たちの疑惑の視線に気づくこともなく説明を続ける。

「館《やかた》全体を舞台にした宝探し――まあ、今でいうリアル謎解きゲームですね。そして、見事に謎を解いた人には、実際に宝が与えられるんです。その宝の中身は私も知りませんが、どうも意中の人と結ばれるラッキーアイテムじゃないかと睨《にら》んでいるんです。なにせ、うちの父様と母様が結婚したのも、そのゲームがきっかけだったみたいですから」

「意中の人と結ばれる……」

「ラッキーアイテム……」

続いて、藤原の言葉に反応したのはかぐやと伊井野《いいの》である。

「でも、このゲームって人数が必要なんです。だからみんなの都合がいい今しかないと思うんです。会長がアメリカに行っちゃう前に、送別旅行も兼ねてみんなで行きましょうよ！　それにほら、うちの別荘だから宿泊費もかかりませんし」

「ふむ……」

送別旅行と聞いて、白銀は考え込んだ。送られる側としては、その気持ちを無下《むげ》にすることはできない。

藤原の言葉にうなずきかけた白銀の前に、すっと石上の手が差し出された。

「待ってください、会長。やはり確認しておくべきかと……藤原先輩。まだ話してないことがあるんじゃないですか？」

「え？」

「会長の送別旅行には賛成ですが……妙に都合のいい情報ばかりなのが気になります。そのゲームとやらの詳しいルールを聞かせてもらえませんか？」

「いえ、その……ルールは当日まで秘密なんです。ほら、対策とかされるとまずいですし」

「なるほど。じゃあ、他になにを隠してるか教えてください」

「え⁉　う、うーん……」

石上の追及に、藤原はもじもじしながら目をそらした。

助けを求めるように周囲を見回すが、全員が彼女のことを疑うように見ていた。

そして、ついに観念しきれなくなった藤原が口を開いた。

「じ、実は……そのゲームの内容には館の掃除とかも含まれるんですよ。体験型のゲームですから、謎を解く過程で廊下を拭いたり、壺《つぼ》を磨いたり……だから、館の所有者にもメリットがあるんです。そのため、友だちを誘ってゲームを行えば、私はお祖父《じい》様からお小遣いをもらえることになってるんです……」

ほんのちょっとですよ、と藤原は言いわけした。

それを聞いた白銀は、ほっと息をついた。

「なんだ、そんなことか」

白銀にとっては、掃除くらいなんてことはない。むしろ、他人の別荘にただで泊めさせてもらうのだから、それくらいは当然のことだった。

「それなら俺は賛成だ。泊まりがけのバイトだと思えば、たとえ三日間掃除づけになったとしても俺は構わんぞ」

「会長！」

白銀の言葉に藤原は目を輝かせた。

「もちろん三日間とも掃除づけなんてことはないですよ。そんな話だったら真っ先に私が逃げ出しちゃいますから。あはは！」

「それもそうだな、ははは！」

†††

そして旅行当日、藤原の事前の宣言どおり、ゲームは始まり——その結果として、白銀は地下牢に閉じ込められることになってしまった。

「……なんで？」

白銀は自分の置かれている状況が理解できなかった。

気がつくと一メートルほどもある高さのマットレスに寝かされ、牢の中にいたのである。

「え……マジでなに、この状況？」

マットレスから床に下りると、白銀はふらふらと歩きだす。だが、数歩も行かないうちからそれ以上は進めなくなってしまった。

白銀の行く手を阻《はば》んでいるのは、無骨な鉄格子だった。

「なんだよ……マジでなんなんだよ。ゲームとかいうレベルじゃねぇだろ」

白銀には自分がどこに閉じ込められているのかもわからない。

檻《おり》の中には、先程まで白銀が寝ていたマットレスとトイレがあるだけだった。

時折、誰かの足音が天井から響いてくる。だが、天井に向かってどれだけ吠えても無駄だった。

「掃除とかさせられるだけで他に隠してることとなんかねえって話だったじゃねえか、クソリボン！　マジでシャレになんねえよこれぇ……」

鉄格子を両手で摑《つか》みながら、白銀はわめいた。

だがどれだけ叫ぼうと白銀の声に応《こた》えるものは誰もいない。

無限にも思える孤独と恐怖の時間のなかで、白銀は過去を振り返ることしかできなかった。

なぜこんなことになってしまったのか――

白銀は旅行が始まったときのことから、順番に思い出してみることにした。

【一日目・その一】

「はぁ――はぁ――」

「お兄《に》ぃ！　見えた！　もうすぐそこ！」

肩で息をしていた白銀《しろがね》は、圭《けい》の言葉に顔を上げた。海岸から続くのぼり坂の先で、圭が前方を指さしていた。「早く早く」と急《せ》かされるが、白銀は圭の荷物まで引き受けているぶん、どうしても足取りが重い。

「うわぁ……やばい。なんか外でみんな待ってるし」

ようやく坂道をのぼりきった白銀が見ると、確かに館《やかた》の庭で石上《いしがみ》たちが手持ち無沙汰そうに待っているのが見えた。

「旅行当日に寝坊なんて、**ド定番すぎるでしょ！　展開がベタすぎて、**びっくりするわ！」

圭は顔面を蒼白にして震えていた。

「……まあ、とにかく謝るしかないいな」

旅行当日、白銀と圭は二人揃って寝坊してしまっていた。白銀は来月には海外渡航する準備もあっての疲労のため、そして圭は尊敬するかぐやとの旅行を前にして興奮しすぎてしまったためである。

集合時刻に遅れること三十分、二人はようやく目的地に到着したのだった。

日本海に浮かぶ島に建てられた藤原《ふじわら》家の別荘【月影館《つきかげかん》】である。

木造二階建て、竣工《しゅんこう》は昭和初期——政治家として外交を担《にな》ってきた藤原の先祖により、海外からの来客をもてなす目的で建てられたものである。

外観は、明るいオレンジ色のスペイン瓦とクリーム色の外壁が特徴的なスパニッシュスタイル。その眩《まぶ》しい色を目にして、白銀はようやく一息ついた。

「お兄ぃ、ほら、汗拭いて！」

圭がかいがいしくハンカチを差し出してくる。一見すると、汗だくになっている兄のことを気づかっての行動に見えるが、そうではないことを白銀は知っていた。

「いい、お兄ぃ？　本当に、みんなの前でかぐやさんとイチャつくのだけはやめてよ」

「わかってるよ」

旅行が決まってから、圭には何度も釘を刺されていたのだった。

白銀とかぐやがつきあっていることは生徒会のメンバーに報告してあるし、圭がいるときにかぐやを家に連れてきたことだってある。

だが、そのときにかぐやと同じ布団で寝ているのを圭に見つかったこともあり、白銀は旅行にあたって妹から尋常ではないプレッシャーを受けているのだった。

「お願いだから、この旅行中にそういうことしないでよ？　旅行って非日常だから普段とちがう空気になることあるかもしれないけど、どっかのホテルとかじゃなく、千花《ちか》姉《ね》ぇのおうちの別荘だってこと忘れないでよ？」

「わかってるってば」

白銀の顔を圭はじーっと怪しむように睨《にら》む。

(この調子だと、旅行中も見張られそうだな)

白銀は内心でがっかりしながら、みなの方へと歩きだした。

「どもっす」

「会長、おはようございます」

門をくぐり、刈り込まれた芝生を進んで行くと、玄関の前にたむろしている石上《いしがみ》と伊井《いい》野《の》が声をかけてきた。白銀がそれに「遅れてすまん」と頭を下げていると、

「圭ちゃんー、無事に合流できてよかったよー」

「萌葉《もえは》、ごめんね、遅れちゃって」

萌葉が圭に抱きついて歓迎していた。

今回の旅行はいつもの生徒会メンバーにくわえて圭と萌葉も参加していた。それは藤原の強い希望があったためだ。なんでも藤原家に代々伝わるゲームとは六人以上でなければ行えないものらしい。

「会長ー、今日から二泊三日、よろしくお願いします」

圭から離れると、萌葉はすり寄るように近づいてくる。

「ああ、こちらこそよろしく頼む。すまんな、遅れてしまって……」

「全然平気ですよー。というか、ちょうどよかったかもしれません。私たちもまだ中に入

れてないんですよ。なんでもゲームの準備があるとかで、姉様とかぐやちゃんだけが中に入ってるんです。私たちは、ほら、まだ荷物だって部屋に置けてません」

萌葉が指し示す先には、確かにキャリーバッグやリュックがある。

遅れたのは申し訳なかったが、確かに萌葉の言うとおり、一時間も二時間も遅れないですんだのは不幸中の幸いだった。

「あら、たいへん。会長、汗かいちゃってますよ」

「ん？　ああ、すまん──」

白銀がハンカチを取り出そうとすると、それより早く萌葉が動いた。

萌葉の持ったハンカチが白銀の額に触れようとする、まさに直前──

「ねえ、萌葉」

圭が萌葉の手をがっしりと摑《つか》んでいた。

「あれれ？　圭ちゃん、どうしたの？　もしかして会長がとられると思ってヤキモチ？」

「そういうのじゃないから。あのね、この旅行に誘ってくれたことは本当に感謝してるけど……これ以上、人間関係ややこしくしないで」

圭は表面上はにこにこと笑いながら、周囲に聞こえないほどの声量で萌葉に忠告した。

「んふふー、じゃあこっち」

「ちょ、ちょっと。そんなことしなくていいから……もう、萌葉ったら」

萌葉は圭の態度に気分を悪くした様子もなく、嬉しそうに圭の汗を拭き始めた。

「ふふ、でも会長。もし機会があったら、私と遊んでくださいね」

圭とじゃれつきながら白銀を見る萌葉の目が、怪しく光ったような気がした。

「あ、お二人とも。ちょうどよかった」

そんなことをしていると、館の中から藤原が顔を出す。

「たった今、準備が終わったところですよー。こんにち殺法」

「面目ない。妹ともども、世話になる」

「よろしくお願いします。それとこんにち殺法返し」

白銀と圭は頭を下げた。

そして藤原に続いて玄関から姿を現した人物に、白銀は目を奪われた。

「あら、会長。それに圭も」

黒いハイウエストのロングスカート、フリルのついた白のブラウス、そして髪にはトレードマークの赤いリボン――薄暗い館の玄関の奥から出てきた少女を見て、白銀はまるで蜃気楼《しんきろう》でも見ているような錯覚に陥った。

四宮《しのみや》かぐやが、白銀と圭の顔を見ると、にっこりと微笑《ほほえ》んだ。

「無事に着いてなによりです」

凛《りん》とした、それでいて柔らかな声色《こわいろ》に引き戻されるように白銀ははっと背筋を伸ばした。

「ああ、いや本当に悪かった」

「すみませんでした！」

白銀と圭は二人そろって頭を下げる。

「平気ですよー。なにせ今日は会長の送別旅行ですからね。主役は遅れてやってくるくらいでいいんです」

「そうですよ。誰も怒ってないから、圭も顔を上げて」

藤原とかぐやが口々に言う。その言葉どおり、誰も気分を損《そこ》ねていないのが、せめてもの救いだった。

「さて、じゃあ準備もすみましたし、中に移動しましょう。荷物も持ってきてください」

「あ」

藤原の言葉に従って荷物を持ち上げた伊井野が、バッグからなにかを落としてしまった。

携帯ゲーム機だった。それを石上が目聡《めざと》く見つけて言う。

「あれ？　伊井野そんなの持ってきてたんだ？」

「ん……うん。移動時間とかにやるかもって」

歯切れ悪くそう言う伊井野の心理が白銀にはわかった気がした。

(きっと石上とやるために持ってきたんだろうな)

伊井野と石上の微妙な関係には、生徒会の全員が気づいている。

だが、石上本人はというと、

「そっか。迷ったけど、僕は持ってこなかった。どうせやる時間ないだろうし」

と、伊井野の真意に気づくそぶりさえない。白銀は少し伊井野が不憫《ふびん》に思えた。

それから全員で館に入る。

初夏の日差しが遮《さえぎ》られた館の中は薄暗く、目が慣れるまで少し時間がかかりそうだった。

「はい！　それでは皆さん、こちらをご覧ください」

玄関を入って、大きな柱時計の側《そば》まで進むと、藤原が数ページの冊子を全員に配った。

どうやら、ゲームの説明書のようである。そこにはこんなことが書かれていた。


『館に残された謎かけを解いた者には、世界で最も尊い褒美《ほうび》が与えられるだろう。

まずは寝台より指先を伸ばし、その指示に従うべし。

また指先の掃除を怠ることなかれ。手は心の現れ、常に清潔を心得よ。

仲間と切磋琢磨《せっさたくま》し、ときに競い、ときに協力し謎に挑むべし。

ただし館に潜《ひそ》む鬼に注意せよ。人間には鬼に対抗できる力はない。

唯一の例外は【転《ころ》ばせ】である。

一日の終わりに行われる転ばせこそ、正しく謎を解く鍵である。

転ばせには【御柱様《みはしらさま》】を選ぶ力有り。議論を重ね、己《おの》が行動を省《かえり》みるべし。

見事、悪を追放したならば、褒美は自《おの》ずと開かれる。

ただし、欲望と没落は表裏一体。

目先の欲を払いのけ己《おの》が心に潜む悪に打ち勝たねば、真の勝利は得られぬものと心得よ。

全ての者に褒美を得る機会は与えられる。

正しきことは、幾度となく繰り返すべし。
研鑽《けんさん》は習慣となり、習慣は研鑽となる。
それはこの館を去りし後にも、ゆめ忘るることなかれ……』

そこから先は大浴場の使い方や、図書室の本は館内であれば持ち出しオーケーといった細々《こまごま》とした注意点が書かれていた。

全員が読み終わるのを確認すると、重々しい口調で藤原が言う。

「これが藤原家代々の伝承です。これに沿って、みなさんにはゲームをしていただきます。そして、伝承から予想した人がいるかもしれませんが、実は私たちの中に一人、鬼としての役割を与えられる人がいます。鬼はある条件を満たすと、私たちの誰かをゲームから脱落させることができます。鬼は、人間を最初の半数以下にすれば勝利となります」

藤原は廊下に備え付けてある伝声管を指し示した。

排水パイプのようなその管の先端はラッパのような形をしている。そこに声を吹き込むと、各所にある同じ伝声管に声が伝わるというアナログな代物《しろもの》である。

どうやら館のいたるところに伝声管は張り巡らせてあるらしい。中央廊下だけでもいくつかの伝声管を見つけることができた。

「他の参加者が鬼に対抗する手段――それは転ばせと呼ばれる議論です。転ばせは一晩に一度行います。全員が自室から、この伝声管を使って誰が鬼かを話し合い、多数決で決めるというものです。最も多く投票された人物は御柱様と呼ばれ、その時点で脱落となります」

藤原は両手の人差し指を立てて頭の両側に当てる――鬼のポーズを取った。

「ちなみに鬼の勝利条件を満たすには、自分が積極的に動いて誰かを脱落させてもいいし、転ばせによって誰かに濡《ぬ》れ衣《ぎぬ》を着せて脱落させても構いません。とにかく、自分が御柱様にされずに誰かを蹴落とせばいいわけです」

「鬼以外の参加者の目的は、誰が鬼かを見抜くってことでいいのか？」

「もちろんそれもありますが、伝承に沿って謎を解くのが一番の目的になります。鬼に脱落させられないように気をつけながら、屋敷中を探し回ってどこかに隠された褒美を見つけてください。中身は私にもわかりませんが、とてもすごいものらしいですよ」

「なにせ【世界で最も尊い褒美】だもんね。ちなみに、うちのひいお祖父《じい》様は、それを手にしたからこそ、総理大臣になれたし、お父様とお母様が結婚するのにもこのゲームは一役買ってるようです。それとお祖父様の代でもゲストとして参加した人が勝者となり、会社を起こす際の資金源となったという話もあります。つまり、なんらかの報酬が実在していることは確実みたいですよー」

藤原の説明を引き取って萌葉が続ける。

白銀はそれを聞いて、ひっそりと思案した。

（金か。正直、ありがたい話だ。今後のことを考えれば、な）

　ここ最近、白銀家の懐《ふところ》事情は大幅に改善されており、白銀は以前ほどバイトに時間を割《さ》く必要がなくなっている。

　しかしこれまで以上に金が必要になるという予感が、白銀にはあった。

（四宮の家のことがあるからな。相手がいつ、どう出るかわからんが……資金は絶対に必要だ。だが、藤原家からもらうってのが、どうもシャクだな）

　と、そこまで考えて白銀はふっと息をついた。

　そもそも藤原家伝統のゲームの褒美という時点で眉唾《まゆつば》なのだ。本当にもらえるかどうかもあやふやな褒美のことよりも、まずはゲームのルール把握《はあく》に集中しようと頭を切り替える。

「ちなみに転ばせの投票は義務です。投票に参加しなかった人物は脱落となりますのでご注意を。転ばせは午後七時開始ですから、宝探しにかまけすぎて忘れないようにしてください」

　白銀はこれまでの説明を頭の中でまとめた。

　参加者は、人間と鬼にわかれる。

　鬼はなんらかの方法で人間を脱落させることができる。

　人間は転ばせという議論によって、鬼を脱落させることができる。

（大事なのはこの三つだな。問題は、特に最後だ。転ばせで鬼を当てることができたならいいが、もしも濡れ衣を着せられて自分が選ばれたらそこで脱落してしまうからな）

――と、考え続ける白銀をよそに藤原が続けた。

「つまり人間側の目的は、謎を解くことと、鬼を転ばせによって倒すことです。参加者はこの二泊三日の間に、何度も館中を行ったり来たりすることになるでしょう。そのため、このゲームは**鬼滅回游**《きめつかいゆう》と呼ばれています」

「大丈夫ですか、そのネーミング？」

石上が不安そうに声をあげた。しかし藤原はそれには取りあわず、明るく手を叩く。

「それと、必ずゲーム開始前に貴重品などは金庫にしまっておいてくださいね。金庫は捜索範囲外ですから、皆さん、手を出しちゃダメですからね」

「……あの、というとやはり、割り当てられた個室については、他人の部屋も捜索範囲ということなのでしょうか？」

かぐやが不安そうに手を挙げて尋ねた。それは白銀も気になっていたことである。

全員の視線が藤原に集中した。

藤原は無言のまま、にこーっと、実に朗《ほが》らかな笑顔を見せる。

それを見た全員が肩を落とした。つまりは、他人の個室までも捜索してよいというルールなのだ。

「あ、ちなみに部屋の鍵ですが、内側からはかけられるけど、外からはかけられないようになっています。つまり、寝るときとかは大丈夫だけど、探索のために外に出るときは出入り自由になってしまうわけですね」

藤原は実に楽しげに、とんでもないことをのたまった。

「そして、誰が部屋の鍵をかけているかは、この人形で判断できます」

そう言って、藤原は柱時計の前に並べてある人形を指し示した。

「この人形が各部屋の鍵と対応していて、鍵をかけると、こう……くるんと回って人形が背中を向ける仕組みになってるんですよ。電気仕掛けじゃないのに、よくこういうの思いつきますよね」

「あの、この人形って私たち……ですよね？」

伊井野が恐る恐ると尋ねた。

人形は一体一体の顔がちがっていて、白銀たち七人の特徴をはっきりと有していた。

「ええ、専門の人形師さんに発注してるんです。これも伝統なんですよ。謎解きに力が入りすぎてケンカしちゃうこともあるけど、でも鬼滅回游が終わったらそれは引きずらない。そのために、お祓《はら》い的な意味で人形を御焚《おた》き上《あ》げするんですね。確執は人形が天にもっていってくれるんです」

「館系ミステリーあるある小道具、**見立て人形**きましたね。僕たちの誰かが殺されたら、この人形も壊されるってシステムですよ、絶対」

前髪の長い自分を模した人形をいじりながら、石上がしみじみとつぶやくのだった。

白銀の頭に、これまで映画や小説で触れてきたミステリーが思い浮かぶ。石上の言うとおり、登場人物の生死とリンクする人形は定番といってよいほどの存在だった。

暗い顔をする白銀たちとは反対に、藤原だけがひたすら明るい。

「さて、じゃあもう質問はありませんね。それでは、皆さん割り当てられた部屋に移動をお願いします。全員が部屋に入ってから、十分後にゲームを始めましょう。鬼の部屋には専用のマニュアルが置いてありますから、その時間を使って読んでおくといいでしょう。スタートは各部屋についている伝声管で合図しますので、それまでは自室から出ないでくださいね」

その藤原の言葉を合図に、全員が歩きだした。

個室の割り振りは、女子が一階、男子が二階となっている。

白銀が階段をのぼりはじめると、連れだって歩く石上が話しかけてきた。

「伝承とか細かいルールとか説明されたけど、それが全部ダミーで、本当に三日間掃除づけになったりとかしませんかね？」

「さすがにそこまではないだろ」

正直、白銀としてはそれでもいいと思っているのだが、石上は不安そうな顔をしていた。

二階に上がると、白銀に割り当てられた六号室と石上の七号室は隣り合っていた。二人は軽く手を上げて挨拶してから、同時に自室へと入った。

「おお、広いな」

白銀は思わずそうつぶやいた。

修学旅行で泊まったホテルも豪華だったが、その部屋よりもずっと広い。

キングサイズのベッドに四人がけのソファー、白銀が所持している服全てを吊るしても余りそうなクローゼット、ドラマや映画でしか見たことのないような羽根ペンとインク壺《つぼ》が置かれた机……二泊三日といえど、一人で泊まるには持て余しそうな設備だ。

またいくら探しても鬼用のマニュアルは見つからない。白銀は安堵《あんど》の息をついた。

「……俺は鬼ではないようだな」

白銀は部屋の隅に設置してある金庫を開けた。

少し考えてから、リュックサックごと金庫に入れることにする。スマホ以外に必要な物は特にないし、盗られて困るような物もほとんどないが、念のためである。

続いて白銀は、ベッドの側の壁へと視線を移した。

そこには縦長《たてなが》の木の板が六枚かけられている。一見すると意識高めのラーメン屋の壁にあるメニュー表のようにも見えたが、それよりもずっと文字が多い。

「ふむ。どうやらこれが【指示】らしいな」

その木の板——木札には、こんな文字が書かれていた。

【一　客を迎え入れる玄関は、人体にたとえれば口である。またそこから続く中央廊下についても、よく磨き、清めるべし。
二　りいあにょらいはのと……】
六枚の木札の共通点として、上部には番号が振られており、その下に文章が書かれていた。しかし、日本語として意味をなしているのは一の文章だけだった。二枚目以降はひらがなが羅列してあり、そこに意味は読み取れない。

「二枚目以降の暗号は……今は解けなさそうだな。一枚目の文章は、普通に考えれば玄関と中央廊下の掃除をしろという指示だな」

白銀は少し思案してから、木札の内容をメモすることにした。木札は壁にかけてあるだけで容易に取り外しができる。悪意あるものはこれを盗むことができるのだ。

内容をメモし終えてから、白銀はそれをポケットにしまう。

それからしばらく待つと、机の側にある伝声管から声が聞こえてきた。

『では、時間です。準備ができたかの確認と、伝声管のチェックのため、一号室から順番に報告をお願いします』

その藤原の言葉からほどなくして別の声が伝声管から聞こえてくる。

『一号室の四宮かぐやです。準備と言っても、荷物を金庫に入れただけですが……報告はこれくらいでいいですか、藤原さん?』

少しくぐもっているが、間違いなくかぐやの声だった。

『ええ、十分ですよ。それでは、次に二号室の方、よろしくお願いします』

今度は少し間があった。

『圭ちゃん?　どうしたの、伝声管の使い方わからないなら教えに行こうか?』

沈黙に耐えかねた藤原が心配そうな声をかけると、ようやく伝声管から返事があった。

『いえ、大丈夫です！』

慌てたような声色は、間違いなく聞き慣れた妹のものだった。

『二号室の白銀圭です。すみません、伝声管の蓋《ふた》が閉じてしまって、少し手間取りました。もう大丈夫です。みなさん、二泊三日の間、よろしくお願いします』

少しのトラブルはあったようだが、進行に支障があるほどではない。

ただ白銀はそのわずかな間《ま》が気になった。もしも鬼のマニュアルが圭の部屋に置かれていたのだとしたら、最初の対応を考えて返事が遅れてしまったということもありえるのだ。

（ふむ、ささいなことだが……一応、覚えておくか）

自分の妹を真っ先に疑うのも心苦しいが、白銀は心にとめておくことにした。

続けて藤原（三号室）、伊井野（四号室）、萌葉（五号室）が挨拶した。

そして、ようやく白銀の番が回ってくる。

「六号室の白銀だ。今回は俺の送別旅行ということでありがたい限りだ。だが、くれぐれもはしゃぎすぎて事故などが起きないよう、よろしく頼む」

杓子定規《しゃくしじょうぎ》な注意だけをして、白銀は挨拶を終えた。

この時間はいわば伝声管の使い方を全員で確認するためだけのものだと、そう白銀は認識している。事実、他のみなの挨拶も同じようなものだった。

だから当然、最後の石上も同じだと思っていた。

『……七号室の石上優《ゆう》です。個人的にですが、この場を借りて言いたいことがあります』

「？」

石上の声が妙に固い。

伝声管を通して聞こえる声は当然、普段のそれとは異《こと》なっているが、それだけでは説明がつかない変化を、白銀の両耳は確かに捉えていた。

石上は言う。

『どうしても、ひとつ会長にお願いしたいことがあるんです』

「俺に？」

『会長、僕と本気で勝負してください』

その言葉は、白銀にとって完全に予想外のものだった。

なにせ、つい数分前、石上は階段をのぼりながら気怠《けだる》そうにゲームへの不安を吐露していたばかりなのだ――

『僕は会長に助けられて、生徒会に誘ってもらえました。正直、辞めたいと思ったこともあったけど、今では頑張って続けて本当によかったと思えています。様々な経験を得て、僕も少しは成長したと自負しています。だからこそ、この会長の送別旅行で、それを証明したいんです。だから会長――』

――どうか僕と本気で戦ってください、と。

どこか泣き声にさえ聞こえる声は、すがりつくような響きを帯びている。

「石上……」

白銀は、思わず言葉に詰まった。石上の提案はそれほど意外なものだった。

石上は嫌なことがあるとすぐに逃げる男だった。

だが、体育祭での一件や、子安《こやす》つばめへの想いなど、石上にとっては不得意なはずの分野でも、彼は何度も苦渋を飲み込み、あがき続ける姿をみせた。

石上は確かに成長している。そんなことは、白銀が誰よりも理解しているつもりだった。

そして、その石上から挑戦されたのだ。白銀の答えなど、ひとつしかない。

「ああ、わかった。石上」

白銀は伝声管に向かってはっきりと宣言する。

「俺も本気でいこう」

先程まで石上はあまりゲームに乗り気でない様子だった。そんな彼の心変わりの理由はわからない。もしかしたら石上が鬼であり、今の宣言はなにかの作戦なのかもしれない。

だが、たとえそれが罠だったとしても白銀は石上の誘いに乗ることにした。

(後輩から真剣に勝負を挑まれて、それから逃げたのでは先輩として面目が立たん！　石上、おまえの勝負、受けて立つぞ)

この瞬間、白銀はゲーム――鬼滅回游への参戦を、心から決意したのだった。

♂♂♂

時は十分ほどさかのぼる。

石上の部屋に萌葉が乱入してきたのは、部屋に入ってすぐのことだった。

「こんにちはー、石上先輩」

「は？」

石上は金庫の中に手荷物を入れた姿勢のまま固まってしまう。

他人の部屋への侵入も可能だというルール説明は確かに受けていた。遅かれ早かれ藤原あたりの来襲は防げないだろうと考えて、だからこそ下着などを金庫の中に真っ先にしまおうとしていたのだ。

だが、萌葉の行動はあまりにも早すぎた。

なにせ石上が白銀と別れてからまだ一分も経っていないはずだ。

時間的に考えれば、萌葉は自分の荷物さえしまわずこの部屋に来たのだとしか思えない。

その理由が、石上にはさっぱりわからない。

「突然すみません。どうしてもこのタイミングで先輩にお願いしたいことがあるんです」

「えっと……なにかな、萌葉ちゃん？」

「実は、私、白銀会長のことが好きなんです」

「は？」

いきなりなにを言い出すのだろうか、と石上はさらに混乱した。

そして萌葉に忠告しようかどうか迷う。

　プライベートなことではあるが、しかし――

「あ、会長とかぐやちゃんがつきあってるのは知ってますよ。それを引き裂こうとは考えてません……ちょっとだけしか」

　ぺろっと舌を出す萌葉。

　それを見て石上は愕然《がくぜん》とした。

（いやいやいや！　可愛さでごまかそうとしてるけど、明らかに**サークラ感**のが上回ってるから！　……まあ、会長たちがどうにかなるとは思わないけど、開始早々にルール破って僕の部屋に侵入してくるくらい行動力あるしな。なんかトラブル起こさないといいけど）

　石上が不安そうにしていると、萌葉はその表情を読んだのか、

「あ、つまりですね。私が石上先輩にお願いしたいのは、真剣に鬼滅回游に参加してくれないかってことなんです。それも白銀会長も誘ってのうえで」

「僕に？　会長を？」

「だって二人とも、ゲームに乗り気じゃないんでしょ？　あ、ごまかさなくていいですよ。さっきの様子を見てれば一目瞭然です。それに、お二人の気持ちもわかりますしね」

　にこーっと笑う萌葉の瞳は、ネコ科の動物を連想させた。

（……この子、かなり頭いいな）

　考えてみれば、このタイミングの他人の部屋への侵入は、最適解のひとつなのだ。

　鬼の部屋には、専用のマニュアルが置いてあると藤原は言った。

そして、もしもそんなものが石上の部屋にあったら、ゲーム開始までの十分間で必ず目を通していたはずだ。つまり、もし石上が鬼だった場合、萌葉が部屋に来た時点でそれが発覚してしまっていたことになる。

二泊三日の鬼滅回游が、たった一分でゲームオーバーだ。

「私、他の人のことは知ってるけど、石上先輩とはあまりお話ししたことないじゃないですか。だから、もしも先輩が鬼だったらまずいなーと思ってたんですよ。よかったー、鬼じゃなくて。えへへ」

萌葉は石上の表情からなにを考えているか悟ったのだろう。悪びれもせずにそんなことを言うのだった。

（さすが藤原先輩の妹だ。一応、この十分間は自室から出ることが禁止になっているけど、ここでいきなり僕が告げ口するのもおとなげない。きっと、それも見越しての奇襲だ……）

「……で、僕に会長を誘えっていう理由は？」

「あ、そうそう、それですよ。だって白銀会長がゲームにやる気がないと、絶対に隙《すき》をみてかぐやちゃんとイチャついたりするじゃないですか。二人がつきあうことをどうこう言う権利は私にはありませんが、さすがに目の前でそんなの見せつけられるのは、いやなんです。だから、どうしよかなーって考えて、そうだ！　会長がゲームに夢中になればいいんだって」

なるほど、と石上はうなずいた。

「でも、なんで僕に？」

「だって石上先輩ってゲーム得意ですよね」

萌葉は、にやりと笑う。イタズラを企《たくら》んでいるときの藤原にそっくりな表情。

「でも姉様に聞いたかぎりだと、ゲームが得意なはずの石上先輩が、生徒会でのゲーム勝負では、あんまり白銀先輩に勝てていませんよね」

「それは……そうだけど」

石上は決して自分が勝負に負けることが許せないタイプではない。

だが、白銀に負け越しているのは事実だった。神経衰弱の際には、思いも寄らない戦術を見せつけられたし、藤原のイカサマを二度見破ったのも白銀だった。

「これって白銀会長の送別旅行なんですよね？　それなら、ここで石上先輩の成長を見せつけて、白銀会長を安心させてあげるのが後輩としての役目なんじゃないですか？　ほら、将棋の棋士《きし》って弟子が師匠に公式戦で勝つのを恩返しって言うらしいじゃないですか。でも、石上先輩だけがその気になっても、白銀会長がゲームにやる気なかったら意味ないですよね。だから石上先輩は白銀会長を乗せて、うまく真剣勝負に持ち込まなくちゃだめなんです」

にまにまと笑う萌葉の顔が、石上の記憶の中の藤原の顔と完璧に重なった。

その萌葉が、姉によく似たバカにした口調で石上を焚きつけてくるのだった。

「そ・れ・と・も～？　石上先輩は得意のゲームでさえ白銀会長に勝てないへたれなんで

すか？　将来プロゲーマーになるとか卒業文集に書きそうな顔してるくせに、学校の先輩にすら勝てないようじゃ話になりませんよ。あーあ、そんなんで本当にプロゲーマーになれるんですかぁ〜〜〜〜〜〜〜〜？」

あまりの言い草だった。

もちろん将来プロゲーマーになりたいと卒業文集に書いた過去など石上にはない。

藤原に煽《あお》られたときにそうなるように、一瞬で石上の心に火がついた。

「ざっけんなオラァ！　伝統ゲームだろうが謎解きだろうが絶対《ぜつて》ぇクリアしてやんよ！　もちろん、会長だってその気にさせてやらぁ！　みんなまとめてわからせてやっから、黙って待ってろメスガキがあ！」

思わず、藤原に対してそうするように萌葉に吠え立ててしまう石上だった。

——以上が、石上が白銀に挑戦したいきさつである。

後から考えれば、明らかに萌葉の説明はおかしく、不自然なものだった。しかし、このときの石上は頭に血がのぼっており、そのことに気づけなかったのであった。

♀♀♀

ゲーム開始から三十分ほど経った頃、伊井野は食堂と厨房《ちゆうぼう》の掃除をしていた。

これも木札に指示されたことで、つまりはゲームのうちなのだ。戦前から伝わるゲームらしく、ほうきやちりとり、それに見たこともない木製の道具を使って掃除をするのだ。

また食堂の掃除は伊井野だけでなく、石上と萌葉も同じ指示をされている。木札の内容は各部屋で異なっていたが、一部共通するものもあった。どうやら最初の指示は複数人でこなすことになっているらしい。

伊井野たち以外の組み合わせとしては、藤原と白銀が玄関から中央廊下の掃除で、かぐやと圭が遊戯室の掃除を行っている。

(なるほど。さすが藤原先輩の家に代々伝わるゲームだけある。ただの遊びじゃなく、家事にも繋がるなんて、まさに一石二鳥)

うんうんとうなずきながら、伊井野は熱心に掃除を続けた。

「伊井野、次の指示は?」

ふと石上が雑巾《ぞうきん》を絞りながら問いかけてくる。

掃除の仕方は、厨房の棚にあった古いノートに事細かく載っている。伊井野はそれを読み上げた。

「えっと次は、水と【ほ剤】を20対1で混ぜて、排水口をタワシで擦《こす》る……だって」

どうやら謎解きの一環らしく、掃除に使う物品は暗号で記述されていることが多い。たとえば、ただの石けんさえも、【ち剤】と書かれていた。

シンクの下からほ剤と書かれた瓶《びん》を石上に手渡すと、彼は「よし」とやる気に満ちた顔でその中身をビーカーに入れ、水と混ぜ始めた。

その様子をこっそりと横目で見ながら、伊井野は疑問に思う。

（……なんで石上、こんな真面目にやってるんだろ？）

伊井野が戸惑っているのは、石上の変化についてだった。

館に着いたときは旅行らしく浮かれた様子はあったが、鬼滅回游の説明を聞いていたとき、石上は明らかにやる気がなさそうだった。

だが、あの伝声管での宣言から石上の態度は一変した。

（なにがあったんだろ？　もしかして、石上が鬼だったのかな）

それならば石上の変化にも説明がつく。だが、ゲームに慣れている石上が鬼だったなら、こんな露骨に怪しまれるようなまねは避けるのではないかという気もする。

結局、伊井野にはどれだけ考えても真相はわからなかった。

それからしばらく、もやもやした気持ちのまま掃除を続けていた伊井野だったが、ノートに【四号室の棚にある、る剤を用意せよ】と書かれているのを見つけた。

「あ……私、次は一度自室に戻らなきゃみたい。行ってくるね」

そう言い残して、伊井野は食堂を後にした。

一人になると、ついため息をつく。

（予想外。石上があんな真面目になるなんて。なんか変な感じ）

実は、最初の掃除が石上と同じ場所だと知り、伊井野は期待していたのだ。

萌葉も同じグループにいるから二人っきりというわけではないが、それでも石上との仲を深めるイベントでも起きないかと根拠もなく考えていた。

しかし、石上は伊井野のことなど見向きもせず、掃除に明け暮れている。

（いいことなんだけど。あの石上が真面目に掃除……なんだろう、すごくもやもやする）

腑《ふ》に落ちないものを抱えながら、伊井野は【る剤】と書かれた瓶を自室の棚に見つけ、それを手に食堂に戻った。

ドアを開けようとしたところ、中から大声が聞こえてくる。

「だから、すぐにわからせてやっから、黙って待ってろオラァ！」

石上の声だった。

（え？　なに？　なんなの？　石上ったら、大声なんか出して……）

驚いた伊井野は、思わずドアの陰に身を隠す。

小心者の伊井野は反射的に逃げてしまったが、すぐに持ち前の正義感に駆られた。

（理由はわからないけど、さすがに今のはない。年下の女の子相手に怒鳴るなんて）

伊井野が不在の間に食堂でなにがあったのかはわからない。

石上が理由もなく怒鳴るような人間ではないことは知っている。もしかしたら萌葉がミスをしたり、石上の心を傷つけるような言動をしてしまったのかもしれない。

だがどんな理由があるにせよ、萌葉はまだ中学生の女の子なのだ。背が高い石上からあの剣幕で怒鳴られたらさぞ怖かったにちがいない。

萌葉のためにも、ここは自分がビシッと叱ってやらねばならないと気合いを入れた。

伊井野がドアから再び顔を出すと、

「わー、すごーい石上先輩！　その調子でガンバってくださいね。ふふ、私、どんなふうにわからされちゃうんだろう？　……うふふ、想像するだけで素敵」

なぜか萌葉は、夢見るようにうっとりと目を細めているのだった。

（えーっ⁉　なんで？　なんで萌葉ちゃん嬉しそうなの⁉）

まるで王子様を待つ少女のような顔で石上を見つめている萌葉のことが、伊井野にはまったく理解できなかった。

ふと生徒会に入ったばかりのことを思い出す。生徒会が性の巣窟《そうくつ》だと誤解していたあの頃、白銀と石上が藤原の口をガムテープで塞《ふさ》いでいたので、伊井野がさすまたを持って助けに行ったらなぜか男二人の口にもガムテープが貼られていたことがある。

今でも、どうしてあんなことになったのかはわからない。ただ、あのときの三人には妙な連帯感があったし、助けにいったはずの伊井野は謎の疎外感に悩まされた。

（そうよ。だから、今度だってなにかの誤解かも……）

伊井野は自分にそう言い聞かせ、そーっとドアから室内の様子を覗き見る。

そして、伊井野の目にその光景が飛び込んできた。

石上が四《よ》つん這《ば》いになり、萌葉がその上に立って飛《と》び跳《は》ねている姿が——

「いいぞ、もっと上だ！　もうちょっと！」

「わ、わ……石上先輩、そんな動かないで！」

「もっと高く跳ぶんだ！　僕のことは気にするな！　地面を……僕を蹴るイメージで踏み抜け！　いけっ！　跳ぶんだ、萌葉ちゃん！」

伊井野はぴしゃりとドアを閉めた。

それからたった今見た光景をなんとか理解しようと努めた。

——SとM。嗜虐《しぎやく》愛好者と被虐《ひぎやく》愛好者。

一見すると水と油のように分かれており、明確な区別がついているように思われるが、実際にはS側の人間も被虐されることを喜び、M側の人間も責めることに快楽を見いだす場合が多いらしい。

傷つけると同時に傷つけられることを求めるのが、人の性《さが》なのだろうか。

(つまり、石上と萌葉ちゃんの性癖がベストマッチしちゃった……ってコト!?　確かに、石上ってどう見ても叱られ待ちみたいなことばっかしてるけど、まさか年下の女の子に踏まれたい願望まであったなんて……)

悩む伊井野の耳に、室内から響いてくる歓声が届いた。

「っしゃあ！　見つけた！」

「やりましたね石上先輩。これで**次のステージ**に進めますね！」

(石上、なにを見つけたの!?　自分の新しい性癖!?　それと次のステージってなに？　まさか踏まれることよりも先の、さらなる高みを目指しちゃうの!?)

中を覗くのが怖い。だが、このまま声だけ聞いているのはもっと怖い。

まさにデッドロック状態の伊井野がドアに手をかけたまま震えていると、そのドアが内側から勢いよく開かれた。

「ひっ⁉」

「？　なにやってんだ、伊井野？」

石上だった。

思わず尻もちをついてしまった伊井野を見下ろす石上の顔は、汗ばんでいた。

先程までの痴態《ちたい》のなごりか、息も荒いようだ。

「転んだのか？　ほら、立てよ」

「ちょっ、やだ――」

思わず石上が差し伸べてくれた手を払いのけてしまった。

自分のとっさの行動に伊井野は後悔したが、石上は傷ついた様子もなかった。

「……まあいいや。あまり遊んでないで、おまえも真剣にやれよ。僕はこれから次のステージに進むために、自室に一度戻る」

「つ、次のステージってなに？」

勇気を振り絞って訊く。石上は、爽《さわ》やかな笑顔で遠くを見て、

「さあな。とにかく僕は**寝台と指先を清める**。この**特殊な薬剤**を使ってな」

噂に聞くところによると、アブノーマルなプレイを嗜《たしな》む人々は、清潔さを非常に気にか

けるという。体内に入れる物体に菌がついていれば炎症や病気になるリスクがあるし、重大な感染症を引き起こしてしまえばパートナーにさえ危険が及ぶからだ。

鞭《むち》やロウソクの傷は望むところなのに、意図せぬ病気は決して受け入れないというのが、プロの誇りらしい。

(石上もそういう境地に達しちゃったの？　次のステージってそういうこと……!?)

震える伊井野を残して、石上は歩き始めた。

「じゃあな、伊井野、休憩がすんだらおまえもちゃんと**プレイ**しろよ。なんだかんだいって、こういうのは真剣にやって苦労したほうが楽しいんだからな」

「ぷ、プレイって――!?」

震えおののく伊井野を残して、石上は廊下の奥へと消えていった。

「あれ、伊井野先輩？　そんなところでどうしたんですかー？」

ドアからひょいと顔を出して、萌葉がのんきな声で言う。

「あ、あなたたち、いったいなにを……？」

「ああ、もしかしてさっきの見ちゃいましたか？　謎解きの一環ですよ」

萌葉は事もなげにそう言うのだった。

「きちんと掃除をするとキーワードが見つかる仕組みになってるみたいですね。石上先輩が壁にハタキをかけていたら、スライドする部分があったんです。そこが怪しいから調べてみようってことになったんですが、高い場所だから手が届かなくって……それで石上先輩に台になってもらったんです。ほら、見てください」

萌葉が指をさすほうを見ると、確かに壁に文字が書かれていた。

【ほ剤をもって寝台を清めるべし。同時に指先も清め、次なる指示を待つべし】

その文字を読み、伊井野はようやくなにが起きていたのかを把握した。

「……ほんとだ」

ほっと胸を撫《な》で下《お》ろす。石上がアブノーマルなステージに行ってしまったのでなくてよかったと心底思う。

伊井野はゴリゴリに甘やかしたり、甘やかされたりする優しい世界が好きなのだ。踏んだり踏まれたりのハードなステージは、可能な限りご遠慮願いたい。

「ねえ、伊井野先輩」

いつの間にか、萌葉が側にきていた。

耳打ちするように顔を近づけて、彼女は言う。

「伊井野先輩って、石上先輩のこと狙ってますよね？」

「ッ⁉」

不意打ちだった。

誤解が解けて安心しきったところを狙いすましたかのような爆弾である。

伊井野の反応を見て、萌葉は天使のように笑った。

「ああ、やっぱり！　掃除中も伊井野先輩って石上先輩のことを目で追ってたから、そうじゃないかなーって思ってたんです」

「ち、ちがうの。私は……」

慌てて否定するが、もう遅い。萌葉はすっかり確信してしまっているようだった。

「大丈夫です。否定しなくても。私は、伊井野先輩の味方です」

「味方……？」

萌葉は、伊井野を安心させるように微笑んだ。

「はい、私、恋のキューピッドになっちゃいます。だって、伊井野先輩と石上先輩って絶対お似合いですもん。二人がこの旅行中にうまくいくよう、こっそりサポートしちゃいます！」

それは普段の伊井野ならば決して受け入れないはずの提案だった。石上と伊井野の微妙な関係を知らない萌葉に口を出されても、事態が好転するとは思えない。

だが、今の伊井野は極度の緊張から解放されたばかりだった。

「……本当に協力してくれるの？」

気がつけば、伊井野はそんな言葉を口にしていた。

それを聞いた萌葉は、女神のように微笑む。

「ええ、全部、私に任せてください、伊井野先輩。私の言うとおりにすれば、なにもかもうまくいきますよ」

慈愛に満ちた顔で、そう言うのだった。

♀♀♀

「あ、圭。ちょっと待って」

「はい？」

かぐやが呼び止めると、圭は律儀に手をとめた。

圭の手には真新しい雑巾が握られており、今まさにビリヤード台を拭こうとしているところだった。

「それって【ろ水】につけた雑巾よね？　確かにこのノートには【ろ水を垂らした雑巾で、撞球台《どうきゅうだい》を掃除すべし】と書かれているけど、ろ水ってアルコールのことでしょう？　このビリヤードクロスは羊毛素材だからアルコールに弱いのよ。だから、こちらの雑巾を固く絞って拭くだけにしたほうがいいわ」

「なるほど、そうなんですね」

素直に言うことを聞く圭を見て、かぐやは優しい気持ちになった。

（私、今かなり姉っぽいことできてるんじゃないかしら？　あまり口うるさい感じにならずに、二人で助けあって掃除して……まるで、本当の家族みたい）

藤原家に代々伝わるゲームということで身構えていたが、これならば悪くない。

かぐやは、自室のベッドにあった木札の指示に従い、圭と二人で遊戯室の掃除をしていた。圭は真面目でよく働き、一緒に掃除をするパートナーとしては最高だった。

「あ、かぐやさん、そこは私が拭きます」

「そう？　じゃあ、お願いしてしまおうかしら」

穏やかで、優しい時間が流れていた。

——彼らが乱入してくるまでは。

バン、と大きな音を立ててドアが開かれた。

「待ってください、会長！　指示を見つけたのは僕が先ですよ！」

「だが解読したのは俺が先だ。それに情報を独り占めするつもりはない。読んだらきちんと渡すから、ここは譲れ、石上」

なにやらぎゃあぎゃあとわめきながら白銀と石上が遊戯室に入ってくる。

白銀は、手に古びたまな板を持っていた。それを石上が奪い取ろうと手を伸ばし、白銀は抱え込むようにして守り——そんな攻防を繰り広げながら、男たちはずかずかとかぐやたちの前までやってきた。

「会長？　それに石上くんも……どうしたんですか？　掃除はもう終わったんですか？」

「掃除……いや、それよりも先に謎を解かなければならない。四宮、悪いが【り水】の場所はわかるか？　どうやら遊戯室にあるらしいのだが」

「え？　ええ、それならあそこのキャビネットにありましたが——」

かぐやが言いきるよりも早く、白銀と石上は彼女が指さしたほうへと走っていった。

そしてまな板になにか液体——おそらく、り水だろう——を振りかけてから、白銀はそれを持っていた半紙に押しつけた。

「おお……見ろ。やはり、まな板に刻まれた細かい傷がヒントだったな。版画の要領で紙に転写すると……」

「数字が出てきた！　会長、これはアレですよ。木札の二枚目の鍵です。あの謎のひらがなの羅列《られつ》と組み合わせるとなにか意味ある文章になるとかじゃないですか？」

「ふむ、するとシーザー暗号や上杉《うえすぎ》暗号か？　よし、試してみるぞ」

「はい！」

さっきまで言い争っていた二人は、いつの間にか肩を並べて謎解きに取り組んでいる。実に真剣な表情の白銀たちを、甲高《かんだか》い叫びが呼び止めた。

「あーっ！　お兄ぃ！　そこせっかく掃除したのに黒ずんじゃってるじゃん！　なにやってんの！」

圭がキャビネットを指さしている。見れば、白銀が使った、り水が零《こぼ》れたのだろう、手のひらサイズの黒い染《し》みがキャビネットにべっとりとついていた。

「あ——ごめん」

「ごめんじゃないよ！　私たちはお招《よ》ばれされてる立場なのに、そのおうちを汚しちゃってどうすんの！　ゲームもいいけど、千花姉ぇのお家に迷惑かけるようなことだけは絶対やめてよね」

圭が本気で怒ると、白銀はしゅんとうなだれてしまった。

「まあまあ。すぐ拭けば落ちますよ。ほら」

かぐやは持っていた雑巾でキャビネットを拭く。案《あん》の定《じょう》、染みは跡形もなく消えた。絨毯《じゅうたん》も確認したが、そちらまで零れてはいないようなのでほっと息をつく。木製のキャビネットと絨毯では、掃除の難易度が大違いだからだ。

「ね、会長、これで大丈夫ですよ」

「……ああ、すまない」

かぐやが安心させるように笑顔を向けると、ようやく白銀も気を取り直したようだった。

「かぐやさん、甘やかしたらダメですって」

圭は言葉とは裏腹に、ほっとしているようだった。責任感が強い子なのだと、またひとつ圭のいいところを見つけて、かぐやは微笑む。

そんなやりとりの最中、視界の端でこっそりと動くものを見つけた。

「………………」

石上だった。彼はいつの間にか白銀の手から半紙を奪い取っていたようで、誰にも気づかれないように遊戯室から脱出を試みていた。

かぐやがその動きを目で追っていると、白銀もその視線を読み取ったらしく、石上のほうへと顔を向けた。

「あーッ!? 石上、おまえいつの間に!」

「ここは会長に任せました！　僕は先に行きます！」

「せこいぞおまえ！　待てっ！」

白銀は石上を追って走り出した。

それを見送ってから、圭は呆然《ぼうぜん》とつぶやいた。

「なんですか、あれ？」

「どうやら石上くんの誘いに乗って、会長は本気でゲームに取り組んでいるようです」

あんなふうに真剣になった白銀の顔に、かぐやは見覚えがあった。

「ああなった会長を、以前にも見たことがあります。そのとき、会長は**聖騎士**となり、私は**竜**となって討伐されてしまいました……」

「聖騎士⁉　竜⁉　それ、どんな状況なんですか⁉」

秀知院《しゅうちいん》学園全体を舞台にしたＴＲＰＧの顛末《てんまつ》を知らない圭は、かぐやの言葉が理解できずに驚いていた。

かぐやは、そっとつぶやいた。

「予想外でしたね。会長がそんなにのめり込むなんて……これは対策が必要かしら」

手洗いに行くと言って圭を遊戯室に残し、かぐやは一人になった。

周囲に誰もいないことを確認してから、手早くスマホにメッセージを入力する。

『お願い、早坂《はやさか》。すぐ来て。私の部屋は一階の最も西側です。窓の鍵はかけてないから、誰にも気づかれないように、お願い』

早坂はすでに四宮家の侍従《じじゅう》ではない。だが、かぐやと四宮本家の関係が微妙な今、護衛のために早坂は極秘裏《ごくひり》に島に来てくれているのだった。

（藤原さんのゲームにつきあうのは構わないけれど、旅行中に少しくらいは会長とふたりきりの思い出を作りたいわ）

そのためにはどうしても越えねばならないハードルがあることをかぐやは知っている。

（会長がゲームに夢中になっているということは、無理にそこから引《ひ》き剝《は》がそうとしても逆効果！　一度、こうと決めた会長にはどんなアプローチをしても無駄なことは経験上、理解しています！　……だからこそ、私は会長のサポートに回り、最速でゲームを終わらせなければならない）

そうして人知れず早坂への連絡を終えたかぐやが遊戯室に戻ると、そこには圭にくわえて石上や白銀、萌葉や伊井野、そして藤原――つまり全員が揃って彼女を待っていた。

「あ、かぐやさん、ちょうどよかった」

「どうかしましたか？」

かぐやの問いかけに、藤原は鉄製の箱を掲げてみせた。

「実は、この謎かけの性質上、スマホは封印したほうがいいと父様に言われていたのをすっかり忘れていました。なので、みなさんのスマホを回収させてもらって、この箱に入れて管理しようかなと考えているんです」

「え」

寝耳に水だった。

たった今、そのスマホで早坂に連絡したばかりのかぐやである。せめて早坂からの返事が来てからにしてほしいというのが本音だったが、かぐやは冷静にこう言った。

「ええ、もちろん。構いませんよ。正々堂々とゲームをするためなら、それくらいは必要でしょうからね」

とにかく連絡はすませたのだ。早坂はかぐやの部屋にやってきてくれるはずである。

ここでスマホを預けても問題ないと判断し、かぐやは藤原の言葉に従った。

「わー、ありがとうございます。皆さん、快《こころよ》く承諾してくれて助かりました。スマホ依存症の人がこのメンバーにいなくてよかったです」

藤原はかぐやのスマホを箱に入れると、がちゃりと鍵をかけた。

かぐやはそっと息をついた。

(まあ構わないでしょう。むしろ、すでに早坂に連絡をすませておいてよかったと思うべきだわ。これから連絡が取れなくなっても、私の部屋の場所も伝えてあるのだから、問題なく合流できるはずよね)

「あ、それとかぐやさん、お部屋の変更をお願いします」

「えぇ!?」

かぐやは思わず叫んでしまった。

「すみません！　実は、男女が同数のときにだけ、西の端から順番に部屋を割り振っていくみたいでして……今回みたいな場合、今のかぐやさんの部屋は使用しないみたいなんです。だから申し訳ないんですが、かぐやさんは萌葉の隣の部屋に移ってもらってもいいですか？」

「慣れないアナログゲーあるあるですね。初期配置ミスって、ある程度ゲームが進行してからおかしいことに気づくってやつ。今回はまだ序盤ですから、そんなに被害も大きくないと思いますよ」

　石上は、ふむふむと頷きながら、

「ちなみに四宮先輩の新しい部屋番号はどうなるんですか？　五号室と六号室の間だから、五・五号室とか？　それと新しい部屋に移って四宮先輩だけ木札も新しいものに変わるとなると、すでに謎解きを始めている僕らと差ができてしまいますが……」

「いえ、部屋番号は一号室のままでいきます。あくまで空き部屋と使用する部屋の配置が問題なだけなので……それに木札は、現在のものをそのまま持っていけばいいので、ゲーム進行的にも問題ありません」

　藤原は力強くそう言うのだが、かぐやにとっては大問題だった。

　スマホを取りあげられ、伝えていた部屋も変更となる――そのような状況で、早坂と合流できるかはなはだ疑問である。だが、かぐやとしてはこう言うしかなかった。

「……ええ、もちろん、いいですよ。ゲームの進行に部屋の変更が必要なら、それくらいは構いません」

「本当にごめんなさい！　引っ越しは私も手伝いますから、じゃあ部屋の移動をお願いしますね」

藤原に手を引かれながら、かぐやは祈っていた。

（お願い早坂。あなたなら、こういう不測の事態でもなんとかしてくれるわよね。夜には何事もなく合流できるはずよね、早坂！）

それから金庫に入れた荷物を移すだけという実に簡単な引っ越し作業を行った。

むしろかぐや一人でも問題ないその作業中、藤原の目があるため部屋に置き手紙などを残すこともできず、かぐやはただただ、早坂の機転を信じることしかできなかった。

†　†　†

そして、それは午後三時に起きた。

ゲームが始まってから、一時間半が経過した頃のことだ。

ついに最初の事件が発生してしまったのである——

【一日目・その二】

「月影館」見取り図はカバー下に掲載。カバーをめくって確かめるべし。

「圭《けい》、顔色が悪いように見えるが、大丈夫か？」

白銀《しろがね》は正面に座る妹に問いかけた。

食堂には藤原《ふじわら》を除いたゲーム参加者全員が集まっていた。

鬼滅回游《きめつかいゆう》は二泊三日の全ての時間を使って行われる。ただし、食事の時間だけは例外である。この時間に抜け駆けして宝探しをするのは許されないというのがルールであった。

ここでいう食事とは、朝昼晩の三食に加え、三時のおやつも含まれる。

厨房《ちゅうぼう》におやつの準備をしにいった藤原を待つ間、各々《おのおの》が歓談をし、誰もゲームの話をするものはなかった。

「……別に」

圭が白銀の先程の質問にようやく答える。

しかしその言葉とは裏腹に、明らかに普段の様子とは違っていた。顔色も悪いし、どこか落ち着きがないように見える。

「だけど圭――」

「別になんでもないって！」

大声をあげてしまってから、圭は周囲の視線に気づいて「ごめんなさい」と頭を下げた。

やはりおかしい、と白銀は思う。

自宅ならばこれくらいの反応はよくあることだが、圭はとかく外聞を気にする。ましてやこの場にはかぐやもいるのだ。普段の圭ならば、どれほど機嫌が悪くとも声を荒らげるような真似はしないはずだった。

どうしたものかと白銀が悩んでいると、厨房から叫び声が聞こえた。

「あーっ⁉」

それから、どたどたと音を立てて藤原が厨房から飛び出してくる。

「誰ですか⁉　楽しみにしていたケーキを先に食べた人は！」

涙目になっている藤原の問いに答える者は誰もいない。

全員が顔を見合わせたが、誰も視線の先に答えを見つけることはできなかった。

気まずい沈黙に支配されるなか、白銀が代表して質問した。

「えっと……それ、鬼滅回游のイベントとかではなく？」

「違いますよ、ご飯のときはノーサイドって言ったじゃないですか！」

銀色のお盆にのったホールケーキが、確かに半分になっていた。

「……本当に、皆さん『自分はやってない』と言い張るつもりですね。犯人さん、正直に自白すれば、今ならまだ間に合いますよ」

うつむいた藤原がわなわなと震えている。

誰もなにも言わない。

しばらく待ち、誰からの自白もないと知った藤原が、ついに顔を上げて目を見開いた。

「いいでしょう！　ならば探偵の出番です！　ケーキを盗み食いした食いしん坊を、このカロリー探偵千花《ちか》が暴《あば》いてみせましょう！」

目をキラキラさせた藤原が、ポケットから取り出した鹿打ち帽を被って気勢を上げていた。

とても楽しそうである。

館《やかた》の謎を解くゲームの最中なのに、まだ推理がしたいのかと呆《あき》れる白銀だった。

「さて、では状況を整理しましょう。会長と圭ちゃんを除くメンバーが館に着いたのは午後一時でした。そのとき、すでにケーキは冷蔵庫に入っていました。大きなホールケーキです。ちなみにケーキはかぐやさんにも確認してもらっています。どの紅茶が合うかを相談するためです。それが一時十五分頃です。そうですよね、かぐやさん」

「ええ、そうですね。確かに、ケーキはその時点でまるまる残っていました」

急に話を振られたかぐやだったが、淀《よど》みなく答える。

「会長たちが到着し、鬼滅回游が始まったのが一時半です。それから午後三時までの一時間三十分の間に、誰かがケーキを食べてしまったんだと思います。それも半分も」

食堂に置かれた長テーブルの周囲をぐるぐると回りながら、藤原は説明を続けた。

「ちなみにゲーム開始後、食堂と厨房の掃除を割り当てられたのは、石上《いしがみ》くん、ミコちゃん、萌葉《もえは》の三人で間違いないですね？」

「そうだよー。ついでに、冷蔵庫を開けろなんて誰の部屋の木札にも書かれてなかったはずだよ。私たちは真面目にシンクの汚れを落としたり、食堂のテーブルを拭いたりしただけ」

萌葉が元気よく答え、それに伊井野《いいの》と石上がうなずいた。

ふむふむ、と藤原が情報を咀嚼《そしやく》するように目をつぶってから、

「ちなみに私と会長は講堂で掃除してました。それから、二時過ぎくらいに掃除が終わって、会長と石上くんはいろいろと走り回ってましたね。でも、女子はだいたい最初と同じ場所にいたはずです。萌葉とミコちゃんは西側――つまり食堂や厨房にいたし、かぐやさんと圭ちゃんは東側――遊戯室やバーラウンジのほうにいたはずですね。私はずっと講堂にいましたから、それは間違いないはずです。一階の構造上、館の東西を行き来するには中央廊下を通る必要があります。それをずっと私は見張っていましたが、会長と石上くん以外の人は見かけませんでした」

その後、二時四十分に藤原の手違いが発覚し、全員を集めてスマホの没収、そしてかぐやの引っ越しが行われた。

「つまり今のところ、ケーキを食べることが不可能なのは、全ての時間において館の東側にいたかぐやさん、圭ちゃん、そして中央にいた私……ということになります」

どこかからホワイトボードを引っぱってきた藤原が、今話題に出た三人の似顔絵を描いた。

そしてその似顔絵を大きな丸で囲み「白確」という文字を添える。

白銀はこほんと咳払いしてから、手を挙げた。

「ついでに俺と石上は二時以降、いろいろと動き回ったが、単独行動することはほとんどなかったぞ。俺と石上が共犯じゃないなら、俺も犯人ではないということにならないか？」

「ほほぅ……今の話、どうでしょう、石上くん？」

藤原が水を向けると、石上は迷うことなく答えた。

「ええ、僕と一緒にいるとき、会長はケーキを食べたり、どこか別の場所に隠したりする時間はありませんでした。今までの証言が正しいならば、会長は白であると推測できます」

藤原が白確と書かれた円のなかに白銀の似顔絵を描き加えた。

容疑者は三人。厨房と食堂の掃除を担《にな》っていた、石上、伊井野、萌葉である。

当然の帰結というべきか、冷蔵庫の近くにいた人物が疑われてしまうのは、避け得ない事態だった。

「とりあえず、食堂と厨房の捜索をしませんか？　僕たち三人が掃除している最中、それぞれ一人になる時間はありましたが、ケーキを半分も食べるほどの時間はなかったと思います。どこかに隠したってほうがよっぽど可能性が高いですよ」

石上がそう提案し、それが了承されて全員で厨房に移動することになった。

ちなみに白銀は「とりあえず、今あるケーキを仲良く分ければいいんじゃないか？」と言ってみたのだが、その直後に伊井野の腹が鳴ってしまい、他の女性陣から冷たい視線を浴びることになった。

「ねえ、白銀会長」

移動中、萌葉が近づいてきて白銀に耳打ちした。

「いったい誰がケーキを隠しちゃったんですかね？　でも信じてください。私じゃないんですよ」

藤原とよく似ているが、萌葉の声はより甘えてくるような響きがあった。まるで懐《ふところ》に飛び込んでくるような気安さで、萌葉は気がつけばいつの間にか近くにいる。

「ああ、信じるよ」

「本当ですか⁉　さすが白銀会長、優しいっ」

萌葉が感激したように顔を輝かせる。

それに水を差すのは気が引けたので、白銀はそれ以上なにも言わなかった。萌葉が犯人ではないと白銀が思う理由は、彼女の人間性とは無関係なのだ。

しばらく全員で厨房を探し回ったが、ケーキは見つからなかった。

「だけど手がかりは見つけましたよ。これを見てください」

石上がシンクを指し示しながら、全員に呼びかけた。

「シンクが乾いています。これは僕たちが掃除したあと水滴を拭き取ったからです。ちなみに掃除を開始する前もシンクは乾いていました。掃除前に誰かがフォークやスプーンでケーキを食べたら、それを洗って証拠隠滅すると思いますが、その形跡はなかったということです。そしてその後、僕たちは木札の指示に従って、【ほ剤】という白い粉をシンクにまぶしました。この状態でシンクを使えば、さすがに気づくはずです。つまり、【掃除前、掃除中、掃除後にかかわらず、犯人はシンクを使っていない】と推測できます」

「……つまり、犯人はやはりケーキを厨房以外のどこかに隠したか、あるいは手づかみで食べたということですね」

藤原がキラリと目を光らせて全員を見回した。その視線は、顔ではなく手元に向かっている。まるで誰かの爪の間に生クリームが残っているかのように。

おずおずと伊井野が手を挙げる。

「あの、藤原先輩。誰も手づかみでケーキを食べた人はいないと思います」

「え？　ミコちゃん、どうしてそんなことわかるの？」

「だってそんな匂いしないですから。それに私はずっと食堂と厨房を行ったり来たりしてましたから、誰かがケーキを食べていたらさすがにわかると思います」

伊井野が自分の無実を証明するように手をひらひらさせている。

「それに、今、この場にもケーキの匂いがついた人はいません。なら、その人はどこで手を洗ったんでしょうか？　シンクの状態からも、厨房で洗っていないことは明白です。そして、共用のトイレは館の東側――つまり、手づかみでケーキを食べた場合は、自室に戻るか、あるいは二階に上がってから共用トイレを使うかのどちらかだと思います。どちらにしても時間がかかりすぎるので、結局、私たち三人の誰かが他の二人の目を盗んで行うというのは無理があると思います」

伊井野の言葉に、石上がうんうんとうなずいている。

「あの……ケーキの匂いって、かなり近づかないとわからないいんじゃないですか？」

こっそりと萌葉が白銀に耳打ちする。萌葉の疑問はもっともだ。現に、圭も首を傾《かし》げている。しかし生徒会メンバーは伊井野が小型犬並の嗅覚を所持していることを全員が承知していた。特に、食べ物の匂いに関して、伊井野が間違えるはずないのだ。

「伊井野の嗅覚はちょっとしたものだ。菓子のつまみ食いや早弁をしてるのを取り締まることに関しては、風紀委員のなかでも随一らしいぞ。それに加えて、石上の観察眼だ」

それが、白銀が萌葉犯人説を否定した理由である。

「あの二人は、お互いの弱点を補いあうような能力を持っている。あいつらの目を盗んでケーキを盗み食いするなんて普通は無理だ。犯人がどんな手を使ったか想像もできん」

「へ、へぇ～……」

白銀の言葉を聞いた萌葉が、なぜか顔を青くしていた。

「ん？　どうした、萌葉くん？」

「いえ、ちょっと私、伊井野先輩に話があるのを思い出しました」

萌葉はそう言い残すと石上の隣にいる伊井野に近づき、その背中を押した。

「え、え？　萌葉ちゃん、どうしたの？」

「先輩、ちょっと内密の話が……」

そんな会話をしながら、萌葉は伊井野の背中を押して厨房の隅へと連れていってしまった。

藤原がぽんと手を叩いた。

「さて、今の話をまとめると、【ケーキを食べた人はいない。ケーキの半分は今もどこかに隠してある】ということですね？」

「そうですね、それもたぶん、自室でしょうね。おそらくは金庫のなか。他の場所は他人に見つかるおそれがありますから。どうしますか、あるいは――」

石上が藤原の言葉を引き取って続ける。

言葉には出さないが、石上の目はこう問いかけていた。

『全員の部屋の金庫を調べますか？』と。

すぅーっと息を吸ってから、藤原は言った。

「いえ、金庫のなかはゲームの範囲外ということでしたしね。そこまですることはないでしょう。幸い、ケーキも半分残ってますから、みんなで仲良く分ければケンカすることもありません。犯人捜しなんてやめましょうよ！　だって私たちみんな友達じゃないですか！」

「…………」

あまりに変わり身の早い藤原だった。

金庫に調べられたくないなにかがあるのは、明白である。藤原が金庫になにを隠しているのかは気になったが、今はそれよりも気がかりなことが白銀にはあった。

「……圭ちゃん、大丈夫？　もし体調が悪いなら、無理せず部屋で休んでいたほうが……」

嫌がられるのはわかっていたが、白銀はそう訊かずにいられなかった。圭の顔色は先程よりも悪くなり、まるで病人のように見えてしまうのだった。

だから白銀はつい、人前だというのに圭のことをちゃん付けで呼んでしまった。

「だから、なんでもないって」

圭は、そう言い残すと白銀から離れていく。

白銀は、頑《かたく》なな妹の背中をただ見送ることしかできなかった。

♀♀♀

三時のお茶会が終わると、圭は慌てて自室に戻った。

お茶会中、兄をはじめとしてかぐやや萌葉にも心配されていたため、圭が「少し自室で休みます」と伝えたとき、誰からも反対されることはなかった。

みな優しい人ばかりだ。そして、その事実が余計に圭を苦しめる。

「…………」

圭は自室に戻るとすぐに部屋の鍵をかけた。これで誰も入ってくることはできない。

次の瞬間、圭の鼻孔に甘ったるい匂いが飛び込んでくる。

まさかという気持ちと、やはりという思いが交錯する。

圭は部屋の奥へと進んだ。

そしてそこには彼女の想像どおりの光景が広がっていた。

広いテーブルの上には、食べ散らかされたポテトチップスの袋と、炭酸飲料のペットボトル、そして紙皿にのったケーキがあった。

「あああ……」

圭は思わずその場にくずおれた。

（もしかしてと思ってたけど……犯人はやっぱり——）

先程までの拷問《ごうもん》のような時間を思い出す。

あの場にいる人間のなかで、誰よりも早く犯人を突き止めねばならないと考えていたのは、間違いなく圭だったはずだ。

なぜならば、圭には犯人の見当がついていたからだ。そして、心からその予想が外れればいいと願っていた。だが、結局そんな願いは空《むな》しく、犯人は、今、圭の目の前にいる。

「あー、圭ちゃん、お帰りー」

ソファーにゆったりと身を委《ゆだ》ねながら、リモコン片手にテレビを見ている人物こそが、紛《まご》うことなきケーキ泥棒その人であった。

圭はその人物の名を呼んだ。

「**豊実姉《とよみね》ぇ！**」

「あれー、圭ちゃん、どうしたの？　なんかご機嫌ナナメ？」

ケーキでも食べる？　と差し出される紙皿を受け取ることもできない。

圭は目眩《めまい》を覚えた。くらくらした頭を支えながら、なんとか豊実に尋ねる。

「ねえ、豊実姉ぇ、みんなのケーキ取っちゃったでしょ？　それも半分も。なんでそんなことしたの？」

そう、圭にはどうしても豊実がそんなことをした理由がわからなかった。

藤原豊実――藤原三姉妹の長女が圭の部屋にやってきたのは、今日の午前中のことらしい。それから彼女は一人、ここに隠れ潜《ひそ》んでいるのだ。

最初、圭は自分の部屋に先客としていた豊実を見つけ、ひどく驚いた。

ゲーム開始時に、圭が伝声管の返事に手間取っていたのは、実は豊実と会話していたためである。なぜここにいるのかと質問する圭に、豊実は両手をあわせて頼み込んだのだ。

「圭ちゃん、お願い。旅行中、匿《かくま》ってくれないかなぁ？　私がここにいることは、みんなに内緒にしてほしいんだー」

そう言われて、圭は即答することができなかった。

美大生である豊実はこの三連休の間、関西で行われるイベントに参加する予定だったらしい。だが、それが面倒になった豊実は欠席することを決意した。家に帰るとサボったことがバレてしまうので、この別荘に避難することを思いついたらしい。

「千花ちゃんと萌葉ちゃんに私がここにいることを知られると、パパやママに私がサボったってバレちゃうじゃない？　そうなるとー、さすがに怒られちゃうかなーって」

それならば最初から予定どおりに関西に行けばいいではないかと真面目な圭は考えるのだが、豊実はにこにこと笑うばかりで自分の意見を曲げなかった。

そして善意から圭が部屋に匿ったら、まさかのケーキ泥棒である。

なぜそんなことをしたのかと問う圭に対し、豊実は邪気のない顔で答えた。

「えー、だってー、私お昼ご飯食べてなかったし。なんか厨房行ったら萌葉と知らない子が掃除しててー、隙《すき》を見て冷蔵庫を開けたんだけどー、中にはすぐ食べられそうなものがケーキしかなかったの。それで、こーんなに大きなケーキなんだから私の分くらいあるよねー、と思って半分持ってきたのよ。あははー、さすがに全部は食べきれなかったよー」

豊実の説明を聞いても、圭にはさっぱりその行動原理が理解できなかった。

様々な言葉が脳内を駆け巡り、結局、圭の口から絞り出されたのはこんな一言だった。

「豊実姉ぇ、みんなに謝りに行こう？　私も一緒に謝るから……」

そんな圭の必死の願いは、ケラケラと笑いながら一蹴《いっしゅう》された。

「えー、圭ちゃんお願い。これからはいい子にするからさー。みんなには内緒にしてよー」

「ダメ、豊実姉ぇがなんと言おうと、みんなのケーキを食べちゃったのは見過ごせない。今から引きずってでもみんなの前に連れてくから……ううん、そんなことしなくてもいいんだ。伝声管でここに豊実姉ぇがいるって知らせれば――」

圭はそう言って部屋の片隅に備わっている伝声管に向かった。

「えー、でもそうなると圭ちゃんも困っちゃうと思うよ？　きっと圭ちゃんは別の部屋に移ることになっちゃうしー」

「別に困んないし！」

さっきから、豊実の言うことがなにひとつ理解できない。圭は混乱の極《きわ》みにあった。

「あー、圭ちゃん？　でも今は、伝声管の前には人が少ないみたいだよ。いるのは……えっと、千花ちゃんとかぐやちゃんと、あと圭ちゃんのお兄さんだね。それ以外は、あっちこっちでバラバラに動いてるから、伝声管使っても効率よくないんじゃないかなー？」

「は？」

圭は思わず振り返った。

豊実は、リモコンを片手にテレビに視線を向けている。

そう言えば、と圭は首を傾げた。先程から豊実はテレビを見ているが少しも音が聞こえてこない。

おかしい点は、もう一つあった。テレビ画面がずっと同じ場所を映し続けているのだ。まるで定点カメラや、監視カメラのような映像が画面に映っている。

「豊実姉ぇ……なにこれ？」

「え？　なにって、監視カメラ。今は、一階東側の廊下の映像だねー。二階とかも見てみる？　はい、どーぞ」

豊実がリモコンをポチっと押すと画面が切り替わった。

二階廊下、遊戯室、食堂、講堂、大浴場前の廊下――豊実がボタンを押すたびに、画面は別の場所を映した。

そして、その画面のなかでは藤原や石上が動き回っている。ある者は壁を触って確かめ、ある者は暗号を解こうと思考に耽《ふけ》っている様子が見受けられた。

次に画面がバーラウンジの様子を映し出した。

圭の目はその一点に釘付けになる。

白銀とかぐやがバーラウンジで酒瓶《さかびん》を手にしていた。もちろん、飲もうとしているのではないだろう。様々な瓶を手に取り、そのラベルを読み比べてはまた棚に戻している。どうやら、なにかを探している様子だった。

「…………」

圭は息を止めて二人の姿を見守った。

白銀もかぐやも、とても真剣な顔をしている。英語が書かれている茶色いボトルを白銀が持ち上げ、それをかぐやが読み上げているようだった。なにを話しているかはわからない。監視カメラは音声を拾わず、その映像だけをテレビに流している。

そして、だからこそ圭の想像力が刺激された。

ふと、かぐやが笑みをこぼした。それを見て、白銀の頬《ほお》が赤く染まる。白銀がなにか間違ったことでも言ったのだろうかと圭は思う。

かぐやが慰めるように白銀の頬に手を伸ばした。

それから二人は見つめあう。

「………」

圭は息を呑《の》んだ。

いつの間にか、かぐやが目をつぶっている。白銀は周囲に誰もいないのを確認して、その肩にそっと手を置く。

白銀とかぐやの顔がゆっくりと近づいて——

「コホン」

びくっと二人が身を離した。

圭が振り向くと、伝声管の前で豊実が咳払いをしていた。

画面のなかで、白銀とかぐやがキョロキョロと周囲を見回している。

「ね？　圭ちゃん。わかった？」

豊実が、伝声管の蓋《ふた》を閉じて圭に語りかける。

「な、なにが……？」

「圭ちゃんはね、今、すっごく恵まれた部屋にいるんだよー。だって監視カメラの映像は、この部屋にしか届かないんだもん。まあ監視カメラも万能じゃなくて、お風呂やトイレ、そして個室にはないんだけど、他の場所はほとんど見ることができるんだー。そして、そのことはこの館にいる誰も——もちろん、千花ちゃんや萌葉ちゃんも知らないんだよ」

画面を見ると、白銀とかぐやはすっかり元の立ち位置に戻っていた。先程までのキスしそうな空気が嘘だったように、酒瓶を探す作業に戻っている。きっと誰かに見られているかもしれないと思い始めたのだろう。

監視カメラの映像と、伝声管を使った咳払い一つで、豊実はあの二人のイチャつきを止めることに成功したのだ。

「ねえ、圭ちゃん。もう一回訊くね。本当にいいの？　みんなに私のことバラしたら、圭ちゃんはたぶん別の部屋に移ることになっちゃうよ？」

先程、豊実が言っていた言葉の意味が、圭にはようやく理解できた。

それは、監視カメラの映像が確認できなくなるということだ。

「圭ちゃんがこの旅行に来た目的はなにかな？」

「なにってそれは、みんなと……」

「うん、みんなと一緒に遊びたいからだよね。でもさ、圭ちゃんのお兄さんとかぐやちゃんが二人っきりで遊んでたらどうかな？　せっかくみんなで楽しもうと旅行に来ているのに、恋人だからって二人きりの世界に入られちゃったら、他の人はどう思うのかな？」

つい今しがた見た光景が、圭の頭でぐるぐると回っている。

キスしそうになっていた二人と、それをいとも簡単に阻止した豊実。

しかも、白銀もかぐやも、豊実がそれをやったとは気づいていないのだ。

つまり圭が豊実の代わりに咳払いしていたとしても、あの二人のキスを阻止することは可能だったということだ。

もしも豊実の誘いを受ければ、圭はこの先も、二人の邪魔をし続けることができる。

「ねえ、圭ちゃん。私はね、この館のことをここにいる誰よりもよく知ってるんだよー。それを全部、圭ちゃんに教えてあげる。他にもいろいろできるんだー」

まるで子供をあやすように、豊実は甘くささやく。

「たとえば、誰にも見つからずに移動できる隠し通路とかもあるんだよね」

子守歌でもうたうようにゆったりと、彼女は悪魔の誘いを口にした。

「圭ちゃんは私のことを見逃すだけでいいの。そしたら、この館の女王になることだって、できるんだよー。ね、だからお願い。みんなに私のこと、内緒にしておいてよー」

「…………」

圭はしばらく考え込んだ。

悩み、迷い、沈黙する。

そして結局、それこそが豊実の問いに対する返答でもあった。

豊実の誘惑を、圭は払いのけることができなかった。

♀♀♀

伊井野は掃除で見つけた数字を使って二枚目の木札の暗号を解いた。

すると「ワインセラーを整理すべし」という指示が出てきた。

しばらく伊井野はその指示どおりにワインを並べ変えていたが、いつまで経っても誰もやってこない。

先程は石上と萌葉が同じ場所を割り当てられていたが、どうやらこの時間は伊井野一人で行動するようだ。もしかしたら、本来ならばこの時間は圭が伊井野のパートナーになる予定だったのかもしれない。

「どうしよう……こんなに早くチャンスが来るなんて」

割り振られた場所を抜け出して、石上に接近するチャンスだった。幸いにも、石上はこの時間、自由行動ということだ。木札の指示には時間指定がある場合もあって、石上とかぐやは木札の指示により、四時半に中央廊下に集合するのだという話をしていた。

「…………」

伊井野は誰もいないのに周囲を見回してから、こっそりとワインセラーを抜け出した。

室内にある階段をのぼっていくと無人のバーラウンジに出る。先程まではそこに白銀とかぐやがいたはずだが、二人はすでにどこか別の場所に移動したようだった。

隣の部屋で誰かが動き回る気配がする。

伊井野はそっと壁に耳をあてて気配を探り、はっと顔を輝かせた。

髪の毛を手ぐしで整え、軽く服の埃《ほこり》を落としてから、伊井野は隣の遊戯室に入った。

そして、そこにいた人物の名を呼ぶ。

「石上」

「ん？　伊井野か？」

なにかのゲーム台を調べていた石上が顔を上げる。

「どうしたんだ？　この時間、遊戯室の掃除だったのか？」

「ううん、ちょっと気になることがあって」

自分はついている、と伊井野は思う。

伊井野が自由に動ける時間に石上も一人で、しかも場所が遊戯室だなんて、こんなチャンスはめったにないはずだ。

「実は、気になることがあって……」

「なんだよ、気になることって」

伊井野は、ケーキ泥棒事件の際に萌葉に言われたことを思い出した。

あのとき、萌葉が内密の話があると言って伊井野に耳打ちしてきたのは、なるべく早い段階で石上と二人きりになったほうがいいというアドバイスだった。

『ゲームは人を繋げるきっかけであり、もっともっと楽しくするツールなんです！　だから鬼滅回游というゲーム中であったとしても、他のゲームに誘えば石上先輩は乗ってくるはずです。もしも遊戯室で二人きりになることがあれば、それを利用しない手はありませんよ』

萌葉は、伊井野と石上の仲を深めるのを手伝うと約束してくれた。そして、その際にゲーマーの心理について、教えてくれたのだった。

萌葉の指示どおりに、伊井野は遊戯室に置いてある大きなテーブルを指し示した。

「あの台もゲーム機なんでしょ？　あれってどうやって遊ぶの？」

「ん？　ああ、テーブルサッカーか」

それはレトロゲームの台だった。

芝生を模した緑色のマットが敷かれた縦長の台に何本かの棒が平行に刺さっている。その棒の一本一本に、小さな人形が間隔を開けて数体くっついているのだった。

「これはこうやって棒を回すと、人形も回転するだろ？　それでボールを蹴って、相手のゴールに入れれば勝ち。機械もなにも必要ない単純な構造だから、確か十九世紀に発明されて広まったらしいぞ」

くるくると棒を回転させながら、伊井野はにこやかに言った。

「へえー、初めて知った。石上、物知りだね」

――嘘である。

伊井野はテーブルサッカーの存在も、遊び方も知っている。

『ゲームはですね、初心者にいろいろ教えるのも楽しいものなんですよ！』

萌葉のその言葉に従って、伊井野は演技をしてみせたのだ。

その目的は、もちろんただ一つ――

「ねえ、石上。ちょっと動かしながら教えてよ。実際に遊んでみたいな」

無邪気な子供のように、伊井野は言う。

その際に、軽く石上の腕にボディータッチするのも忘れない。

こんな行動、さすがに不自然ではないだろうかという伊井野の不安は、萌葉の力強い断言が振り払ってくれた。

『ゲーマーのゲームに対する執着を舐《な》めないほうがいいです！　絶対に断られませんから！』

そして、ゲームをきっかけに伊井野が石上との関係を深めたら、萌葉はとっておきの場所を用意してくれると約束してくれた。なんでも萌葉はこの島のデートスポットを知っており、そこならば誰にも邪魔されずに二人きりになれるとのことだった。

（萌葉ちゃん、なんていい子なんだろう。あとでお礼しなくちゃ）

伊井野は笑顔を保ったまま石上の返事を待った。

だが――

「いや、ダメだろ」

「な、なんでッ⁉」

にべもない石上の言葉に、思わず叫んでしまう伊井野だった。

石上は呆れたようにため息をついて、

「今は鬼滅回游というゲームをしてるんだぞ？　木札の指示とか、なにか必然性があれば考えないでもないけど、ゲームの最中に特に意味もなく別のゲームをしたがるなんて、それって浮気みたいなものじゃないのか？」

石上は一息にそう言い放つと、伊井野に背を向けてしまった。

「悪いが、遊び相手なら他を探してくれ。じゃあな、伊井野」

そう言い残して、石上は遊戯室を出ていってしまった。

伊井野はその背中を見送りながらしばらく呆然《ぼうぜん》としていたが、やがてぽつりとつぶやいた。

「……石上のばか」

ぎゅっと拳を握りしめる。

目にうっすらと涙が浮かんでいるのが、伊井野には自分でもわかった。

やけくそにテーブルサッカーの棒を動かし、豪快なシュートを決めてから伊井野は言う。

「そんなこと言うなら、私だって容赦しないんだから！」

シュートの余韻《よいん》にぶらぶらと揺れるサッカー選手人形をそのままにして、伊井野は遊戯室を飛び出したのだった。

♂♂♂

「ふぅ……」

白銀は自室のドアの鍵をかけてから息をついた。

白銀は、ようやく三つ目の木札の暗号を解くための数字を仕入れてきたところだ。それを手に入れるまでにも、いろいろとあった。白銀はつい先程のことを思い出した。

バーラウンジの整理を木札に指示された白銀は、まず酒瓶の整理を行い、きちんと銘柄ごとに瓶を並べ変えた。そして棚の左上から順番に並べられたラベルの頭文字を繋げると、『Pull the oldest Hennessy』となる。

未成年である白銀はHennessyがなにかわからなかったが、幸運にもその時のパートナーはかぐやだった。

名家の令嬢であるかぐやは、社交界で話題になることも多いということから酒の知識も豊富で、すぐに棚の中から該当するボトルを探し当てた。そして、指示どおりにそのボトルを引っ張ると隠し棚が現れ、そこに数字が書かれていた。

数字を見つけた白銀は思わず飛び上がりそうになって喜び、その様子をかぐやに笑われてしまった。子供っぽいところを見られた気恥ずかしさに顔を反《そ》らした白銀だったが、すぐにかぐやが「大丈夫ですよ」と言って、手を伸ばしてくれた。

かぐやの手が白銀の頬に触れる。

気がつけば、すぐ近くにかぐやの顔があった。

ゲームに本格的に参加すると決めてから、かぐやとイチャつくのは控えようと決意した白銀だったが、そんな決意は早くも危機に瀕《ひん》していた。

かぐやがキスを待つために目を閉じた。

「…………」

白銀は彼女の肩に手を置いた。そして、言う。

「いや、四宮《しのみや》。やはりこういうことは――」

と、ちょうどそのときだった。

どこからともなく咳払いが聞こえてきて、二人は同時に身を離した。

結局、それは誰かの咳が伝声管を伝わって聞こえてきたもので、その人物が白銀たちのことを見ていたというわけではないはずだが、それで白銀は我に返った。

それから少しだけ不機嫌になったかぐやとそのまま別れ、白銀は一人自室に戻ってきたのだった。

「よく我慢した、俺。だが、どこで誰が見ているかわからないからな。今後はマジで気をつけよう」

「そうですね。こうして、部屋に誰かが忍び込んでるかもしれませんしね」

「――ッ⁉」

間近から聞こえた声に、白銀が思わず声をあげそうになった瞬間、後ろから口を塞《ふさ》がれた。同時に右手も掴《つか》まれ、壁に押しつけられる。それだけで白銀は動けなくなった。

冷たい手のひらの感触。そして、それよりかは温かい、ぬるま湯のような声。

「落ち着いて。敵じゃないですよー。私、私……それとも、もう私のことなんか、御行《みゆき》くんは忘れちゃった？」

口を押さえられたまま白銀が首を動かすと、見知った顔がそこにあった。

「もがふぁが⁉」

「そうです。元雇用主からろくな説明もないまま突然呼び出されたと思ったら、なぜか合流地点がもぬけの殻《から》ですっぽかされた感じの早坂愛《はやさかあい》でーす。……ん、落ち着いたね」

早坂がようやく手を離してくれ、白銀は大きく息を吐いた。

「ふぅー……おまえな、なんでここにいるんだ？」

「私だってわかんないよ。急にかぐやに呼び出されたと思ったらスマホ繋がらなくなるし、しかも教えられた部屋に行ってみたら無人だし。どうしよっかなって迷ってたら、ちょうど真上が御行くんの部屋っぽかったから、じゃあ、まあこっちでいいかって」

「じゃあまあ、っておまえ……」

早坂の説明を聞いて、朧気《おぼろげ》ながら白銀にも事情は理解できた。

おそらく、かぐやがなんらかの理由で早坂を呼び出したものの、その後、連絡がとれなくなってしまったのだろう。藤原にスマホを取りあげられたり、部屋の引っ越しもさせられたりしたのだから、それもしかたないと言える。

「それなら、四宮の新しい部屋は一階東側の真ん中の部屋だ。今のタイミングならたぶん部屋にいると思うぞ」

「そっかそっか、ありがとー。でも御行くん、申し訳ないんだけど、しばらくここで匿ってくれませんかね？　たぶん、夜まで」

「？　なぜだ？」

予想外の返事に驚く白銀の目を、早坂はじっと覗き込んだ。

なにかをうかがうような視線に、白銀が首を傾げていると、

「気づいてないの？　てか教えられてないんだ……やっぱり相当タチ悪いかも。いや、セキュリティーのため？　対象Fの館だからって私が先入観持ってるって線もあるか」

「だからなにが」

「ここ、監視カメラだらけじゃん」

と、早坂がきっぱりと言った。

「もうそこら中にじゃんじゃかありますよ。一台見たら三十台レベルで。さすがに私も、これだけ厳戒態勢の要塞だと、真っ昼間からその全部に映らずに移動は難しいかなー。てか、たぶん無理。不可能」

「は？　え、カメラ？　撮ってんの、今も？」

「今は平気。さすがに個室の中にはないみたい。でも廊下とか庭はひどい。この部屋って一番西側だから、そこの塔に隠れてなんとかたどり着けたけど、もう一度できるかって言われるとちょっと……」

言いながら、早坂は窓の外を指さした。

そこには、時計塔が聳《そび》え立《た》っている。

具体的な方法は不明だが、どうやら早坂はあれをうまく利用してここまでやってきたらしかった。時計塔は館に対して西側に建っているので、それならば確かに東側のかぐやの

部屋に行くのは同じ方法では不可能だろう。

納得した白銀は視線を室内に戻す。

そのとき、ようやく白銀は早坂が普段とは違う格好をしていることに気がついた。

「てかさ、早坂、その格好なに？」

「え？　ああ、これ。潜入タイツですよ。指紋もつかないし、体毛が落ちることもないから、潜入任務には必需品ですね」

早坂が身にまとっているのは、真っ黒の全身タイツだった。足のつま先から頭の天辺《てっぺん》まで覆うことができるタイプだが、今はフードを脱いで金色の長髪を露出させている。

少しだけ見える胸元と、体のラインが浮き彫りになっているためにぴっちりと際立つ腰回りについ視線が向かいそうになるのを白銀は意志の力でねじ伏せた。

「ん？　あれ？　今、もしかしてエッチな目で見てた？」

「見てない」

白銀はきっぱりと言いきった。にやにやと笑う早坂にこれ以上追及させないために、白銀は話題を変えることにする。

「それより、匿うのはいいが、今は藤原提案のゲーム中でな、俺はもうすぐ出ていかなきゃだし、別の誰かが突発的にやってくる可能性もあるが、大丈夫か？」

「あ、それなら平気。だって御行くんが来るまでにも何人か部屋に入ってきた人がいたけど、気づかれずにやり過ごせたし」

「はあ⁉　マジか……」

確かにルール上では各自の部屋に侵入してもいいことになっている。白銀も覚悟はしていた。だが、実際にそれが行われたと知ると、さすがにショックだった。

「まあ、そのおかげでここが御行くんの部屋だって確信したんだけどね。最初に忍び込んできた書記ちゃんが、『ふふふ、会長のお部屋に突撃ですっ』とか言ってたし」

「あいつか」

藤原ならしかたない。というか、それはとっくに諦めていることだった。

白銀はむしろ、忍び込んできたのが藤原と聞いて冷静さを取り戻した。

「で、あいつなにやったんだ？」

「んー、私は隠れてたからよく見えなかったけど、その辺の床とかをじろじろ見てたかな？」

「床？」

白銀は早坂が指し示した場所に近づき、床をまじまじと見つめた。

「……ふむ」

しばらく観察してみたが、特に怪しいものはなかった。

「あと来たのは、会計くんですね。書記ちゃんのすぐ後に」

「石上？　……で、石上はなにをしていったんだ」

「それが、会計くんがなにしたかは見えなかったんだよね。さすがに書記ちゃんよりヤバいから、覗くとバレそうだったから」

「いい判断だ。石上の観察力は侮《あなど》れんからな」

ごめーんと手を合わせる早坂に、白銀は気にするなとうなずいた。

むしろ、早坂のもたらした情報は、十分すぎるほどだった。石上が白銀の部屋に来て、なにか仕掛けた――あるいは仕掛けようとしたという事実を知ることができただけでも、かなり大きい。

「てかさ、そろそろ教えてくれません？　この館で、なにが起きてるの？　なんで書記ちゃんはともかく、会計くんまで御行くんの部屋にずかずか入ってきてるわけ？」

「ああ、それはな――」

白銀は、早坂に鬼滅回游について説明した。

「なるほど、それで皆さん、あっちこっち動き回ってるわけですね」

「他人の部屋も出入り自由という条件でな。ちなみに鍵は内側からしかかけられない。だから悪いが、俺が出ていった後も鍵はかけてくれるなよ。誰かを匿っていると一発でバレるからな」

「了解。てか、それより、御行くん。気になることがあるんだけど――」

「ん？」

「それ、なに？　まさか、それで掃除しようとしてるんじゃないですよね？」

早坂が指し示したのは、白銀が持っている布袋と歯ブラシだった。布袋の中には、【ほ剤】が入っている。

「まさかもなにも、そのとおりだ。次は、この粉で木札を洗えって指示なんだよ」

「指示ってゲームの？　……まあ、この館の持ち主がそうしろというなら止めませんが、個人的には勘弁してほしいですね。せめて私の見ている前では絶対にやめてください」

早坂はじとっとした目で白銀の持っているほ剤を見つめている。なにがそんなに早坂の気に入らなかったのかわからず、白銀はたじろいだ。

「なんだよ？　これ、使っちゃまずいのか？」

「べーつにー。戦前のゲームっていうからしかたないのかもしれませんが、その木札を洗うならもっと適した洗剤とかあるのになーって思っただけです。ちなみに四宮家でそんな掃除をしている使用人がいたら、即刻クビですけどね」

「そんなにまずいものなのか、これ？」

白銀は不思議そうにほ剤を眺める。先程、中央廊下の掃除をしたときにも使ったが、黒ずんだシミや油汚れが楽に取れた。確かに、今はもっと便利な洗剤が開発されているかもしれないが、そこまで嫌悪されるほどのものではないはずだった。

「それ自体は悪くない。現在でも掃除に使う人も多いはずだしね。ただ――」

早坂がなにかを言いかけていた口を閉ざす。

誰かが部屋のドアをノックしたのだ。

「……俺が対応する」

「お願い」

白銀が小声でつぶやくと、早坂は迷いない動きで部屋の奥へと歩いていった。

それを見送ってから、白銀はドアを開けた。

「お、伊井野か」

「会長、ちょっとお話いいですか？」

「ああ、もちろん」

白銀と伊井野は、廊下で向き合っていた。

他には誰もいない。

その逃れようがない状況で、伊井野が口にしたのはこんな言葉だった。

「ところで会長、今、部屋の中にいる人はどなたですか？　旅行のメンバーではないようですが……」

♀♀♀

「なっ――おま、それ――」

伊井野の言葉に、白銀は思った以上の反応を見せた。

白銀は、普段は鉄の生徒会長と畏怖《いふ》される存在であり、またその異名に恥じない鉄面皮《てつめんぴ》の持ち主でもあるが、それなりに可愛い部分があることを伊井野は知っていた。

不意を突かれて動揺している今の白銀は、その可愛い状態である。

「あれ？　会長、どうしました？　ところで立ち話もなんですから、部屋にいれてくれませんか？」

「いや、それは――」

「女の子から誘ってるのに、断るんですか？　四宮先輩なら、今頃は一階にいるはずですから、見つかる心配はありませんよ？」

ぐっと白銀に顔を近づけて、くすくすと伊井野は笑う。

白銀をからかうのは、最近の伊井野のマイブームなのだ。

「ねえ、会長？」

キスできそうなほどの距離に顔を近づけて、伊井野は白銀がうろたえる様《さま》をじっくりと眺める。予想外の出来事に慌てふためく白銀を落ち着かせるように、伊井野はゆっくりとした声を彼の耳元に吹き込んだ。

「会長が誰かを匿ってること、私にはお見通しなんです、だって会長からは」

――別の女の匂いがしますから。

と、伊井野はそう言った。

「どうしますか、会長？　これもう、ごまかしようがないと思うんですけど？　でも、四宮先輩には黙ってあげててもいいです。だって今さら、会長が浮気とかするはずなんてないと思うし」

「そ、それはもちろん――」

「だって会長が浮気するとしたら、私とですもんね？」

「⁉」

「冗談ですよ」

最後に白銀の鼻をちょんと指でつついてから、伊井野は白銀から離れた。

それで白銀はようやく平静を取り戻したらしい。

「……わかった。白状する。俺の部屋から、別の女の匂いがするというおまえの意見は正しい。だが、決してやましいものじゃないんだ。だからこのことは――」

「ええ、もちろん。他の人に言うつもりはありません」

伊井野は気安く請け負った。

実際、白銀との約束を破るつもりはなかった。

伊井野は自分がこの旅行のメンバーの中で、もっとも不利な立場にいると自覚している。人並み外れた嗅覚は確かに武器だが、それを活かせる状況が極めて限られていることは伊井野本人が一番承知している。

先程のケーキの犯人も結局わからなかったくらいなのだ。圭の部屋の前を通ったときに妙に甘い匂いがしたが、同時に藤原の匂いのようなものを嗅ぎ取っていた。

だが、それが藤原の匂いと断定することはできない。なぜならば、伊井野には藤原姉妹の匂いがほとんど区別がつかないのだ。

だから圭の部屋から漂ってきた匂いについても、藤原が圭の部屋でケーキを食べたのか、それとも萌葉が圭の部屋にケーキを隠して濡《ぬ》れ衣《ぎぬ》を着せようとしたか——あるいは、他の可能性なのか、どれかに絞り込むことさえできない。

伊井野は自分の能力があまり有用でないと思い込んでいた。

だから、このような状況——伊井野の嗅覚が存分に活かせる状況に巡りあうのは、めったにないことなのだ。

「ねえ、会長、お願いがあるんです」

この状況は千載一遇のチャンスだ。伊井野は、それを逃すつもりはなかった。

「私は、会長の部屋の中にいる人のことを、誰にも言いません。約束します。だから、私と取引きしてください。そして、私の仲間になってください」

伊井野は微笑む。それから白銀に向かって小指を差し出した。

子供のような笑顔で、指切りをねだる。だが、伊井野の内心は、遊びの約束をするような無邪気さとはかけ離れていた。

実際には、これは取引きではないと伊井野は承知している。なぜならば、白銀が伊井野の差し出した指を拒否することはできないからだ。だからこれはむしろ、脅迫に近い。

鬼滅回游ではそれが許されている。

だからこそ、このゲームは自分には向いていると伊井野は思う。

良い子でいなくてはならないという規範《ルール》を守らなくていいのであれば——

伊井野はそれが存外得意なのだから。

「俺は……」

白銀が、諦めたように手を伸ばす。

伊井野は焦《あせ》らない。白銀がためらいがちに伸ばしてくる小指が自分のそれに絡まることを想像しながら、じっと待っている。

白銀の指の感触を、伊井野は頭の中で何度も何度も想像する。

きっとくすぐったくて笑ってしまうだろうなと伊井野は思う。その瞬間がとても待ちきれず、伊井野はついにくすりと笑みをこぼした。

そして、白銀の指がついに伊井野の指に触れ――


それから間もなくのことだった。

『きゃあああっ!!』

伝声管を通じて、女性の叫び声が館中に響き渡ったのは。

♀♀♀

『きゃあああっ!!』

廊下中に聞こえるような大声が響き渡った。

かぐやはその声に驚き、身を固くした。

伝声管からの声に続いて、今度は肉声が近くから聞こえる。

「化け物だ、化け物がいるぞ！　みんな気をつけろ！」

石上が伝声管に向かってそう叫んでいるのだった。彼は必死に窓の外を指さしている。

かぐやは、急いで窓に目を向ける。

そして、それを見た。

「な、なんなんですかアレ⁉　あんな……あんなモノが存在するなんて――」

石上がわなわなと震えながら伝声管を握りしめている。

彼は先程からこの調子だが、咄嗟《とつさ》に反応し、伝声管を使って全員に呼びかけるなど、冷静な部分も残っているようだった。

「あ、跳んだ！　あいつ、跳びましたよ！　けっこう軽《かろ》やかな動きしてやがる、チクショウ！」

訂正。石上がなぜそんなに怒っているか、かぐやには理解できなかった。石上はあまり冷静ではないようだった。

かぐやはそっとため息をついた。

化け物がいるとかいうから慌てて確認してみたものの、かぐやはそれに見覚えがあった。

「あのね、石上くん。あれは別に化け物じゃなくて――」

「知ってるんですか、四宮先輩⁉」

くわっと石上が目を見開いて尋ねる。かぐやは、ええ、とうなずいて、

「あれは……**ししまトナカイ**です。藤原さんの家のクリスマスパーティーでは、あれが毎年恒例なのよ」

「そんな馬鹿な。なぜ、ししまいとトナカイを混ぜる必要が……」

「本当にね」

石上の困惑は心から理解できた。ただかぐやは彼の疑問に答える術《すべ》を持たない。そもそも藤原のやることの理由をいちいち考えていたらキリがないのだ。

『あー、あれは間違いなくうちのですねー。誰が持ってきたんでしょうね。萌葉ですかね？』

『私じゃないもん！　姉様こそ、やたら荷物デカかったじゃん』

伝声管から藤原姉妹の声が聞こえてくる。かぐやは絶対に二人のどちらかがアレに入っていると思っていたので、少し驚いた。

庭を走り回るししまトナカイの側《そば》に伝声管はない。なにかのトリックがない限り、あのししまトナカイの正体は藤原でも萌葉でもないようだった。

「あ、消えた」

ししまトナカイは時計塔の陰に隠れて見えなくなった。

「……どうしますか？　ちょっと追いかけますか？」

「そうね。アレの目的がなにかはわからないけれど、行ってみますか」

幸いにもかぐやと石上がいたのは、一階の西側……厨房前の廊下だった。外階段がすぐ側にあり、ししまトナカイが消えた時計塔から視線を切らないまま移動できる。

全力疾走するほどのことでもないので小走りでの移動だったが、それでもすぐに時計塔にたどり着いた。

「いませんね」

「そうね」

ししまトナカイの姿は消えていた。

時計塔の奥は見通しのよい裏庭だ。近くに隠れられそうな場所もなく、普通に考えればししまトナカイは塔の中に入ったのだろう。

重々しい鉄製のドアを開け、時計塔に入る。

そこはほとんど階段だけのスペースだった。二階よりも高い建物だったから、のぼりの階段があるのはわかっていたが、予想外だったのは地下にも続く階段があることだった。

「どっち行きます？」

「とりあえず地下かしら。上に逃げたのなら逃げ場はないのだし」

そのかぐやの言葉は、特に考えたうえのものではなかった。だが、この後の展開を無意識のうちに予想していたからこその言葉だったのだろう。そして、かぐやの勘は正しかった。

「うわ、すごいな」

石上が思わず声を漏らした。壁際にはダンボールが所狭しと積まれていたが、それでもかなりの広さだった。至る所にダンボールや、鉄製のラックが置かれているのでよくわからないが、教室くらいの広さはある。

「物置というか、避難所みたいですね」

「そうね、もっというとシェルター……ううん、作られた時代を考えれば」

——防空壕。

そこは、爆撃を避けるための施設だった。

「あ、奥にも通路があるみたいですよ」

先に進みますか、と石上が視線で問いかけてくる。

かぐやがそれに答える前に、背後から声が聞こえた。

「かぐやさーん、石上くん？　ししまトナカイ、見つかりました？」

藤原だった。側には萌葉もいる。

「見つからないわ。この塔の中に逃げたと思うのだけど……」

「あー、やっぱり。じゃあもう無理かもしれませんね。ここって通路の先がワインセラーに通じていて、そこから本館のほうに上がれるんです。バーラウンジのカウンターの奥に階段があるんですよ。で、そうなると……」

「どうした？　なんだったんだ？」

さらにがやがやと声が聞こえる。

白銀に圭に伊井野――つまりは、これで全員が集合したことになる。

（……藤原さんと萌葉ちゃんは伝声管で喋《しゃべ》ったから白。石上くんも私の隣にいたから当然、白。とすると、可能性があるのは、会長、伊井野さん、圭の三人ね）

かぐやは、遅れてやってきた三人の顔を見た。

（でも、誰がししまトナカイだったとしても、地下通路を逃げ、バーラウンジを抜けて本館に出て、それから何気ない顔で後ろから合流すればいい。結局、犯人はわからないままね）

「……で、化け物が出て、それでどうしたんだ?」

白銀が困ったように尋ねる。だが、誰もそれに答えられなかった。

その後、全員で時計塔の最上階まで上がってみたが、ししまトナカイは見つからなかった。やはり地下通路から逃げたのだろう。別になにかが盗まれたわけでも、壊されたわけでもない。当然、誰かが傷つけられたということもない。

ししまトナカイは突然現れ、庭を走り回り、そして塔の地下通路を使って逃げ延びたのだ。その正体も、目的も、全てが不明だった。

（結局、ししまトナカイはなにをしたかったのかしら?）

あるいは、かぐやにはわからなかったが、いいいいいいししまトナカイは目的を既に遂げたのかもしれない。かぐやは、ふとそう思った。

それから、全員で館に戻った。

時刻は五時五十分。

そろそろ夕食の準備を始めようということになったのである。

夕食の下ごしらえはハウスキーパーがほとんどやってくれているので、後は温め直したり焼いたりするくらいだ。厳正なるじゃんけんの結果、白銀がその役を担うことになった。

ほとんど準備は終わっているとはいえ、白銀の手料理を食べられると知ってかぐやは、上機嫌で自室に戻り——それに気がついた。

部屋のベッド脇にある木札が黒ずんで、文字が読めなくなっていたのだ。

【転ばせ　初夜】

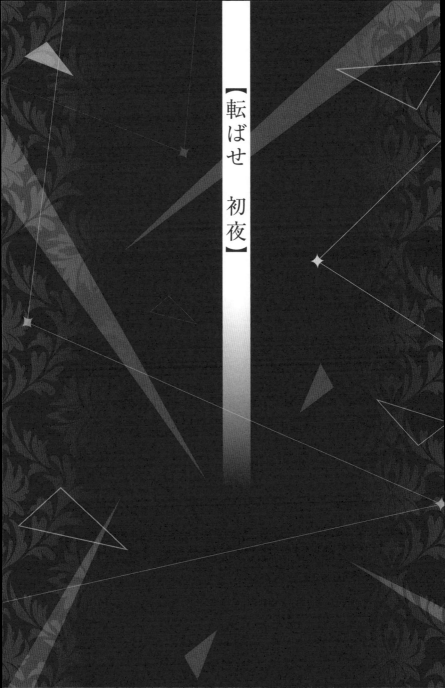

『さて、みなさん準備と、そして覚悟はいいですか？』

伝声管から藤原《ふじわら》の声が聞こえてくる。

石上《いしがみ》は伝声管の前に椅子を移動させ、そこに座っていた。

夕食がすんだ後、全員が自室に戻り、この会議に参加することが義務づけられたのだ。

石上の手には、赤い木製のボールが握られている。それは夕食後に藤原から「【転《ころ》ばせ】に使うから」と説明されて、全員に配られたものだった。

石上はそのボールと、ベッド脇の木札を見比べた。数時間前まではゲームの指示が暗号文で書いてあった木札は、今では黒ずんで文字が読めなくなってしまっていた。

これからの議論で、その犯人を見つけ出すのだ。

『これから行われる転ばせは、わかりやすく言えば、多数決での犯人捜しです。そして議論が終わったら、【御柱様《みはしらさま》】にすべき人の番号が書かれた穴にボールを入れてください。そのボールの獲得数が最も多い人の部屋の伝声管は封印され、今後使えなくなってしまいます。そしてその人は、先程も言ったとおり、ゲームの参加資格を失います』

あらためて石上はこのゲームが人狼《じんろう》に似ていると思った。

参加者のなかに目的を妨害する狼――鬼滅回游《きめつかいゆう》でいう鬼が隠れていて、それを全員で推理する。そして多数決で誰か一人を排除するのだ。鬼は当然排除されたくないから、嘘をついたり、誰かを陥《おとし》れるように議論を誘導したりする。

参加者たちは互いに疑心暗鬼になりながら、それでも集団のなかに紛れ込んだ異物を推理と議論によって見つけ出さねばならないのだ。

（人狼が生まれたのは一九三〇年代だって説もあるから、戦前の日本で知っている人がいてもおかしくはないし……掃除とかをしながら謎を解くってのは、アモアスにも通じるよな）

アモアスとは、人狼を下敷きにした、とあるゲームの略称である。宇宙人狼とも呼ばれ、宇宙船に紛れ込んだ宇宙人を見破る推理ゲームだ。人狼のような投票システムに加えて、参加者は宇宙船の修理や掃除などのタスクもこなさなければならないという点が、鬼滅回游における木札の指示に酷似しているのだった。

『要は誰が鬼なのかを推理して投票すればいいわけだろう？』

白銀《しろがね》の声が伝声管から聞こえる。

石上は、これからの展開を頭に思い浮かべ、静かに目を閉じた。

（そのとおりですよ、会長。でも、いいんですか、そんなに落ち着いていて）

石上は、内心で白銀に語りかけた。

（会長だって、自分のおかれた立場が危《あや》ういことくらい、承知しているでしょう？）

あのししまトナカイが走り回っていた時間、アリバイがないのは白銀、伊井野《いいの》、圭《けい》の三人だ。それは、これからの議論で急所となるはずだった。

これから、石上は恩人に牙を剝《む》く。

あくまでもゲームだが、それでも思うところはあった。

『そうです。では、まず一番大きな事件について話しあいましょう。【誰が木札を読めなくしたか】——さて、お考えのある方は、どうぞ』

藤原の言葉に、石上は目を開いた。

——戦闘、開始。

「失礼して、僕からいいでしょうか？」

石上はそう口火を切った。

誰からも異論はない。石上は、伝声管に向かって続ける。

「僕は三時のおやつの後に一度自室に帰りました。多くの人が同じだったんじゃないでしょうか？　そこで木札が無事なことは確認しています。それから自由時間でした。木札の指示でずっと掃除とかをするのかと思っていたので、少しほっとしながら、館《やかた》の探索をしました。これが三時半から四時半くらいまでです。その次は四宮《しのみや》先輩と二人で一階の廊下にいました。壁にかかっている絵画や美術品を所蔵目録とつけあわせる仕事です。そして、だいたい午後五時過ぎに庭でしましまトナカイを発見しました。伝声管で報告をしたのは僕です。ちなみに、僕の前に誰か女性が叫んでいましたが、それはどなたでしょうか？」

『あ、それは私です』

萌葉《もえは》である。どことなくバツが悪そうなのは、取り乱してしまったことを思い出したからだろうか。慌てたように萌葉は言いつくろう。

『えっと、大声出してすみませんでした。でも、実は目の前に急にしましまトナカイが現れたんで、びっくりしたんです』

「目の前に？　その場所はどこでしたか？」

『玄関です。実は木札の指示で外の倉庫に行こうとして玄関を開けたら、アレが急に目の前に出てきて……それで、そのときちょうど伝声管が近くにあったから、うるさくしちゃってすみませんでした』

「いえいえ、しかたないと思いますよ。僕もビビりましたからね」

安心させるように石上は言って、念のために確認しておく。

「ちなみにそのとき、誰かと一緒にいましたか？」

『一人です。直前までは姉様と二階講堂の目録確認だったんだけど、木札の指示で倉庫に取りに行くものがあったんで、一時的に別行動を取ってました』

「なるほど。よくわかりました。次にお話を聞きたいのは……えっと、圭さんなんですけど、体調は大丈夫ですか？」

『あ、はい。平気です。ご心配かけてすみませんでした』

どこかすまなそうな圭の声が聞こえる。続いて伝声管からは『圭、薬が必要なら言ってね』『圭ちゃん、本当に平気？』と、かぐやと白銀が心配する声が響いた。

さらには藤原も諭《さと》すように言う。

『大丈夫だよー、体調優先していいからね。転ばせの途中でも、気分悪くなったら休んでいいからねー』

『ありがとうございます。でも、本当に大丈夫。ただの寝不足からくる貧血だったみたいで、昼寝したら回復しました』

明るい声で圭が言う。つきあいが浅い石上には、それが空元気なのかどうなのか判断できなかった。さらに圭は続ける。

『あと……これは報告なんですが、私の木札は別になんともないんですが……』

それだ。

それこそが石上が欲しかった情報である。

「ありがとうございます。実は、それを訊こうと思っていました。他に木札が無事な人はいますか？」

誰からも声はあがらない。

少し間をおいてそれを確認してから、石上はきり出した。

「僕の木札は少なくとも三時半まで無事でした。そして、それから夕飯までのどこかの時間で読めなくされていた――つまり、犯人はその時間帯に、木札を黒く塗って回ったのではないでしょうか？　おやつ後からずっと寝ていた会長の妹さんの木札は、だから無事だったんです」

『そう考えるのが妥当でしょうねー』

藤原が同意し、それからバラバラと続く声がある。

誰からも異論はなかった。

「さて、ではアリバイを整理したいと思います。僕は三時半から四時半までは自由行動で、いろいろな場所を動き回っていました。四時半からは四宮先輩とずっと一緒に行動していました。もちろん、短い時間目を離すことはありましたが、全員の部屋を回るほどの時間はありません。もしよろしければ他の人もおやつ後の行動について報告をお願いします」

それから、各人が語ったアリバイは次のとおりだった。


一号室、かぐや――三時半、白銀とバーラウンジで整理。四時半、石上と一階廊下で所蔵品と目録の確認。

二号室、圭――ずっと自室で寝ていた。（本来の指示に従ったのであれば三時半から伊井野とワインセラーの整理。四時半、自由行動）

三号室、藤原――三時半、自由行動。四時半、萌葉と二階講堂で所蔵品と目録の確認。

四号室、伊井野――三時半、地下のワインセラーの整理。四時半、自由行動。

五号室、萌葉――三時半、自由行動。四時半、藤原と二階講堂で所蔵品と目録の確認。

六号室、白銀――三時半、かぐやとバーラウンジで整理。四時半、自由行動。

七号室、石上――三時半、自由行動。四時半、かぐやと一階廊下で所蔵品と目録の確認。

机の上に備え付けてあるメモ用紙に、羽根ペンを使って全員のアリバイを書き取ってから石上は続けた。

「おやつ後は、三時半からと四時半から、二回のアクションがあったみたいですね。四宮先輩以外は、どちらかが自由行動になっているわけですが……」

『……すみません、私は三時半から自由行動だったのですが会長と一緒にいました』

ためらいがちにかぐやが言う。誰もそれについてコメントはしないが、伝声管から納得するような空気が漏れてくる気がした。

石上は、頭の中で考えをまとめた。

一部の木札の指示には時間指定があった。それは作為的なものなのだと、こうして全員の行動を並べてみるとよくわかる。

今回のような妨害工作をする時間を、あえて作れるようにしているのだ。

「単純な考えですが、四時半以降に自由時間だった人たちが怪しいように思えますね。僕と四宮先輩はしましまトナカイを見たときに一緒にいたわけですし、伝声管から藤原先輩と萌葉ちゃんの声も聞いていています。だから、この四人はしましまトナカイではないことはお互いに証明できるので、残りは会長と伊井野ですね」

『まあ、そう考えるのもしかたないな』

白銀はあっさりとした声でそう言ってから、

『しかしな、石上。さっきから聞いてると、おまえはつまり、ししまトナカイが全員の木札にイタズラしたと言いたいわけか？』

と、続けた。

（やっぱりきた。けど、さすが会長だ。声色《こわいろ》からはなにも読み取れない）

いつもと同じように冷静な白銀の声。

それを聞いた石上は、身が引き締まる思いがした。

「会長は、ししまトナカイが犯人ではないと言うんですか？」

『怪しいとは思うが、犯人と決めつけるのは早計だ。証拠がないからな』

「そうですね、証拠はありません。僕らが見つけられなかったというより、おそらくそんなもの最初からないと思います。ししまトナカイは、木札を読めなくした犯人ではありません」

『ほう？』

「ししまトナカイは、注意を引く役です。木札に墨かなにかを塗った実行犯は別にいるというのが僕の考えです」

ししまトナカイは庭に出現してから地下に消え去るまで、走り回っていただけだった。

萌葉の叫び声から時計塔に逃げ込むまで、石上はかぐやとその動向を見守っていた。

石上には、ししまトナカイがなにかをしたようには見えなかった。

「あのししまトナカイはなんの目的で現れたのか？　あれだけ注目を浴びて、結局なにかをするでもなく消えてしまいました。ならば、注目を浴びることこそが目的だったと考えるべきでしょう。そして、その時間になにが起きていたかというと、木札へのイタズラです。つまり、ししまトナカイは僕たちの目を引きつけ、その隙《すき》にもう一人の共犯者が全員の部屋に忍び込んだと見るべきでしょう」

『そうですね、そう考えるのが妥当でしょうね』

藤原がうんうんとうなずいている様子が、見てもいないのに容易に想像できた。

「ところで会長。もう一度詳しく聞きたいのですが、あのししまトナカイが出現したとき、会長はどこにいたんでしょうか？　自由時間を利用して、会長はどこでなにをしていたか教えてくれませんか？」

『……俺を疑っているのか？』

「はい」

はっきりと石上は答えた。伝声管の向こうで、誰かが息を呑《の》む気配があった。

『謎解きにかかわることだ。言うことはできない』

白銀のその言葉は、石上が予想していたものだった。

「……では、これだけは答えてください。あのとき、ししまトナカイが発見されて、萌葉ちゃんが叫び、僕が実況しました。そのとき、僕がなんて言ったかわかりますか？」

しばしの沈黙。それから、

『どうだったかな。俺も予想外のことに慌てていたからな。細かい台詞《せりふ》は覚えていないな』

と白銀は言った。

そしてそれも石上の予想の範囲内だった。

「そうですよね。細かい台詞は覚えていないのも無理はありません。ですが、僕がどんな様子で、伝声管に言葉を発していたか、それくらいは覚えていますよね？」

石上は用意していたカードを切った。

「あのとき、僕は普段の喋《しゃべ》り方ではなく、あえて感情的に伝声管に語りかけました。四宮先輩や藤原姉妹はきっと覚えていると思います。そうですよね、藤原先輩？」

『あー、そうですね。強く印象に残っています』

『私も私も。石上先輩がどんなことを言ったのかまでは覚えてないけど、どんな様子だったかはバッチリ覚えてますよー』

『……そうですね。私も同じです』

藤原姉妹、そしてかぐやから返事がある。

あのとき、石上はあえて取り乱したように伝声管に語ったのだ。なぜならば、石上はししまトナカイの側《そば》に伝声管がないことを確認していた。

つまり石上がどれだけわめこうと、ししまトナカイには聞こえないはずなのだ。

そして細かい単語レベルならば「覚えていない」と言い逃れができるかもしれないが、石上が怒りながら化け物と連呼していたことくらいは、聞いた人間ならば必ず覚えているはずである——それが石上の仕込んだ、ししまトナカイを炙《あぶ》り出《だ》すための罠だった。

「どうですか、会長。記憶力のいい会長ならば、これくらいは答えられるはずです。もしも答えられないならば、それは会長がしましまトナカイだったという証拠になると思います」

『おお〜』

伝声管から感嘆の声が漏れる。おそらく藤原だろう。

以前、石上は藤原から鹿撃ち帽を渡されたことがある。田沼翼《たぬまつばさ》から恋愛相談を受けたときのことだ。あのときは別に欲しくないと思ったものだが、今はそうではない。

今だけは、藤原がことあるごとに被っているあの恥ずかしい帽子を、石上も被ってみたいと思っていた。

(そうだ。今日は――今日だけは会長に勝って、僕が探偵になるんだ)

石上はぐっと拳を握りしめ、歯を食いしばりながら白銀の言葉を待つ。

やがて白銀の声が聞こえてきた。

『……そうだな。俺は、なんと答えればいいかわからない』

ガッツポーズした。

まだ勝利が決まったわけではない。だが、石上はかなり有利な立場になった。

このゲームは、実際の捜査や推理小説のように完璧な証拠が必要なわけではないのだ。

なぜならば、犯人は多数決で決定されるからだ。

そして、今の白銀の証言は、どう考えても彼を不利な立場に導くものだった。

『だが俺はしましまトナカイでもないし、木札にイタズラもしていない』

普段ならば、つい従ってしまいそうになる威厳に満ちた白銀の声だが、今だけはどこか空虚な響きを帯びていた。

「では、もう一度さっきと同じ事を訊きます。会長はししまトナカイが庭に現れた時間に、どこで、なにをしていましたか？」

『それは……言えない』

石上はわざとらしくため息をついた。

それから自分の考えを説明した。

「いいですか、会長。僕は、会長がみんなの木札にイタズラした犯人だとは思っていません。その犯人は別にいると思っています。そして、会長はその犯人に取り引きを持ちかけられた、あるいは騙《だま》されてししまトナカイになったんじゃないですか？　会長は、夕食前の余興だとか言われて、ししまトナカイに扮して庭を走り回り、それから時計塔の地下から本館に戻り、なに食わぬ顔で僕らと合流したんでしょう。大丈夫です、会長はなにも悪くないです。僕は会長を責めているわけじゃないんです。ただ、犯人を知りたいんですよ。きっと、他のみんなも首謀者が誰か分かれば、そちらに投票すると思います。どうですか、会長。誰の考えであんなことをしたのか、教えていただけないですか？」

——王手。

ただし詰みではない。逃げ場は用意した。

（さあ、会長。首謀者の名前を言ってください。僕たちは約束どおり、今日の投票はそい

つに入れますよ。今日のところは、ね）

このゲームは二泊三日の時間をかけて行われる。そして転ばせは二回行われるのだ。

二日目のゲーム展開がどうなるかはわからないが、この流れのままにいけば今日は首謀者が、そして二日目には白銀が御柱様に選ばれる可能性が高い。

（さて、会長はどうするかな？）

自分だったらどんな行動を取るだろうかと石上は考えてみた。

延命を考えるならば、ここで首謀者の名前を言ってしまうのがいいと思う。

あるいは――確率は低いが――白銀が首謀者なのかもしれない。その場合でも、共犯者の名前を言って、「こいつに指示された」と言ってしまえば今日のところは投票されるのはその人物になるだろう。

もしくはこのまま黙秘を貫《つらぬ》くか。

しかし、そうすると白銀が投票される可能性が高い。

（やっぱり僕だったら仲間を売るな。それで二日目の立ち回りに賭ける。それしか逆転の目はないもんな）

石上はそう結論した。

そして彼の考えがまとまるのと、白銀の声が聞こえてきたのは、ほとんど同時だった。

『ところで石上、おまえはおやつのあと、俺の部屋に入っているな』

少し意外だった。

白銀の部屋に入る前に、なにか仕掛けがないか石上は確認したつもりだった。そのうえで、白銀に気づかれる可能性は低いと結論づけ、彼の部屋に入ったのだ。

なのになぜか白銀は石上の侵入を見破った。その方法はわからないが、さすがだと石上は身を引き締めた。

(だけど会長。それじゃあ逆転には足りないですよ)

このゲームのルールでは他人の部屋への侵入が許されている。しかし、理由がなければそれは不利になる行為であると石上は承知していた。

一晩に一度、この転ばせが開催されるのだから、もしも不法侵入を繰り返す人物がいたらそいつが御柱様に投票される可能性が高い。

だが今回、石上は防衛措置《そち》を張っていた。藤原と協力したのだ。

石上と藤原は、謎解きの過程で他人の部屋を調べる重要性に気がついた。だが、一人で行うと転ばせで投票されてしまう危険性があった。そこで二人で互いに監視し合いながら白銀たちの部屋を調べたのだ。

石上は自分が鬼でないと知っているし、藤原も誰かの部屋の木札に触るようなことはなかった。そのことを伝えようと石上は伝声管に口を近づけた。

「ああ、でもなにもしていませんよ。なぜなら僕は――」

『知っている。石上会計は鬼ではない』

と、白銀が石上の言葉を遮《さえぎ》った。

不意をつかれて、石上はきょとんとした。白銀がなにを言っているのかわからなかった。

『ついでに藤原書記も俺の部屋に侵入しているな。だが、鬼かどうかはわからない』

『えーっ⁉　なんで石上くんは白で、私はグレーなんですか⁉』

藤原が不満そうな声をあげる。

（なんだ？　会長はなにを言っているんだ？）

今は、ししまトナカイと木札にイタズラした事件について、追及をしているのだ。

石上と藤原が白銀の部屋へ侵入したことを証明したところで、議論の矛先《ほこさき》を変えることはできないはずだった。そして、白銀自身もそんなことは承知しているはずである。だから、この話は大筋では意味がないのだ。

――それなのに、なぜ白銀の声はこんなにも自信に満ちているのか？

なんだかわからないが、嫌な予感がした。

『さらに話は変わるが、何人かが部屋のドアに仕掛けをしているな。四宮、藤原、石上の三人か。この三人は他人が夜中に部屋に侵入してくることを警戒しているのか？　髪の毛をドアの隙間《すきま》に挟んだり、ドアノブになにかを塗布したりして、誰かが侵入を試みれば発覚するようにしている』

「！」

そのとおりだった。

本来であれば、部屋にいる間は鍵がかけられるため、他人の侵入を警戒する必要はない。

だが石上は念のため、ドアに髪の毛を挟み、侵入者がいればそれとわかるようにしていたのだ。

鍵が開いている間の侵入をルールで認めているのだから、なんらかの理由で鍵のかかった部屋にも入れる人間がいるのだとしたら、きっとそれもルールの範囲内だと考えたのだ。

石上はこのゲームに本気で勝つためにありとあらゆる可能性を模索した。そして、人狼に似ているこのゲームには、藤原に最初に説明されたこと以外のルールも存在するのではないかと予想したのだ。

それを警戒しての措置だったのだが——

『どうだ？　藤原、四宮、石上。俺はなにか間違ったことを言っているか？』

『いいえ、会長。そのとおりです』

『そうですね、私もドアにちょっとした仕掛けをしています』

かぐやと藤原が白銀の問いに答えた。仕方なく石上もそれに続く。

「ええ、僕も同じです」

『そうか。よかった。なにせ、俺自身も半信半疑だったからな』

白銀がほっとしたように言う。それが演技なのかどうか石上にはわからない。

『あのー、会長。でもどうしてわかったんですか？　私、かなりうまくやったつもりだったんですけど……』

『ふふ、すまんな、藤原書記。それは秘密だ』

そして白銀は続けた。

『ここにいる全員に宣言するが、俺は一日に一度だけ、誰か一人を指定して、その人物が鬼かどうか判定することができる』

「っ⁉」

石上は思わず机を叩いていた。

「まさか、会長が占い師だって言うんですか⁉」

人狼には、一晩に一人、任意の対象が人間か狼かを判定できる占い師という役職が存在する。

だから、人狼によく似た鬼滅回游にも占い師と同じような役割が存在するのではないかと石上も考えたことがある。

だが、それはありえないはずだった。

「……考えられませんね。人狼において占い師が成立するのは、ゲームマスターがいるからです。マスター不在のこの鬼滅回游において、会長はどうやって鬼かどうかを判定しているんですか？」

石上は、しばし白銀の返答を待つ。

やがて伝声管から聞こえてきたのは、こんな答えだった。

『石上、今、手になにを持っている？』

「なにって、それは……、ッ⁉」

赤いボール。

転ばせの投票のために握りしめていたそれを見て、石上は白銀が言いたいことを悟った。

『鬼滅回游にもゲームマスターは存在する。この館のからくりが、そうだ』

先程藤原が説明したばかりだった。

転ばせの投票は、壁の穴にこのボールを入れることで行われる。

ならば、『占い師』役の部屋にだけ存在する、鬼かどうかを判定する仕掛けがあってもおかしくはないのだった。

たとえば、特殊なボールが白銀の部屋にだけ配られており、それを判定したい相手の部屋に対応した穴に入れる。するとその部屋の主が鬼かどうか答えが返ってくる。その程度の仕掛けならば、それほど複雑な機構は必要ない。

『他人の部屋への侵入が許されている以上、具体的な方法は言えんがな。鬼が俺の部屋に入って、明日の占いの妨害をしないとも限らん』

「………」

『そして俺は今日、石上を判定したが、彼は鬼ではなかった』

石上は深く静かに息を吐いた。

不利な立場にいたはずの白銀が、あっという間にそれを覆《くつがえ》したのを理解したのだ。

（やられた――）

白銀は鬼だと疑われたことに対する言いわけをしなかった。その代わりに彼がしたのは、宣言だ。

人狼で言うところの占い師宣言。それを白銀は行った。

（対抗は、……なしか）

普通の人狼であれば占い師は一人しかいないのだが、狼側が嘘をついて「自分も占い師だ」と宣言するテクニックがある。だからときには二人も三人も自称占い師が発生してしまうことさえあるのだ。

それを石上は待ったが、どうやら他に占い師だと名乗る人物はいないようだった。

そして、白銀の反撃はまだ終わらなかった。

『もうひとつ言わせてくれ。先程から木札にイタズラをした犯人を捜しているが……俺は誰でもないと思う』

白銀は、そんなことを言ったのだった。

「は？」

『え？』

ぽかんとした石上の声と、誰かが伝声管に漏らした声が重なる。

「……どういうことですか、会長？」

『木札の材質がわかるか、石上？』

石上の疑問に、白銀はさらに質問で返してきた。

石上が答えに詰まると、代わりにかぐやの声が聞こえてきた。

『杉ですか?』

『そのとおり。そして、俺たちは【ほ剤】を水で薄めたもので掃除するように木札から指示を受けた。だがな、ここにトリックがあるんだ。木札は杉でできている。そして、ほ剤とはなにか?　ほ剤は炭酸ナトリウム――つまり重曹《じゅうそう》だ』

白銀がなにを言いたいのか、石上にはわからなかった。

だが、かぐやは理解できたようだった。

『杉のタンニンですね』

『そうだ。タンニンはアルカリ性物質に反応し、黒く染まるんだ。科学の実験で、リトマス試験紙を使ったことがあるだろ?　あれと同じようなものだ。俺たちは自分の手でほ剤を木札に塗って、その結果として黒く染めてしまったというわけだ。つまり、犯人は自分自身、あるいは指示をした木札の自殺ということになるかな』

「え!?」

がたっと椅子から立ち上がった。

石上は黒く染まった木札を見る。

誰かが部屋に侵入し、あの木札に墨汁かなにかを塗ったのだと思っていた。

だが、ちがった。犯人は、石上自身だったのだ。

『ちなみに俺が今言ったことは仮説だ。部屋から出られんから、実験もできんしな。だが、それは明日すればいいだろう。とりあえず今、誰か俺の仮説に反論する者はいるか?』

誰も白銀に反論する者はいなかった。

『でも会長、なんでそれがわかっているなら、最初からみんなに言わなかったんですか？』

『この転ばせは、誰が鬼かを決める議論だろ？　ここで不自然な発言をするやつがいれば、そいつが鬼だとわかると思って伏せていたんだ。だまし討《う》ちみたいなまねをしてすまんな』

藤原からの質問に答えて、白銀は悪びれずにそんなことを言う。

『ふむ。しかしまいったな。今までの話しあいでは、誰に投票すればいいかわからんな。まあ、それはおいおい話しあって決めるとしよう』

白銀は続けて言う。

『それと夜中になにか仕掛けようとしているやつがいたら気をつけることだな。俺は夜中に歩き回っているやつを見抜く方法がある。方法は秘密だがな』

占い師であると宣言したうえ、木札と重曹のトリックを見破った白銀に、明確な根拠もなく反論できるような空気ではなかった。

石上は、力を抜くようにふっと息を吐いた。

（まあいいさ。負けたわけじゃない。勝負は明日も続くんだからな）

そして、伝声管を通じた議論は続いていくのだった。

♂♂♂

（つぶねぇーっ!!　石上のヤツ、マジで洒落《しやれ》にならん強さじゃねえか！）

白銀はさきほどのやりとりを思い出し、こっそりと汗を拭った。

元から白銀にとって不利な展開になることは覚悟のうえだったが、まさかあの混乱のさなかに、伝声管を使った呼びかけにまで罠を仕掛けられているとは思わなかった。

（石上には十分注意を払ったつもりだったが、まだ甘かったか）

それでも今回のところはなんとか逃げきれたはずである。

伝声管を使った議論はまだ続いている。だが、論点は誰がケーキを盗んだかという方向へシフトしていた。

それまでししまトナカイか、あるいはその共犯者かという疑いをかけられていた白銀は、ひとまずの安全地帯に逃げ込んでほっと一息ついている状態だ。

「いいの、御行《みゆき》くん？　あんな嘘ついて、あとでどうなることやら……」

早坂《はやさか》が伝声管に蓋《ふた》をしながら言う。

「しかたないだろ。ああでもしないと、あの場をきり抜けるのは不可能だった」

白銀は肩をすくめた。

早坂の言う嘘とは、白銀が【一日に一度だけ、誰かを鬼かどうか判定することができる】という言葉だった。

白銀は鬼滅回游において人狼の占い師のような役割を割り当てられたわけではない。

つまりはブラフである。

「とりあえず有用性をアピールしておけば、今夜は御柱様に投票されるのは避けられるだろうからな」

「それはわかるけど、嘘は大きいほど、バレたときのダメージ大きくなるよ。あと部屋のドアに仕掛けがあるってのも、単に私が見てきただけじゃん」

早坂の言うとおりだった。

転ばせの会議が始まる直前、早坂は部屋のシーツを被って空き部屋に移動していた。そして転ばせが始まり参加者全員が自室にいなければならない状況になってから、シーツで顔を隠したうえで各個室のドアをチェックしてもらってきたのだ。それが終わると早坂は一度空き部屋に戻り、窓から白銀の部屋へと戻ってきた。

先程、白銀がかぐやや石上のドアの仕掛けについて喋ったのは、早坂から教えてもらった情報を得意げに開陳《かいちん》しただけにすぎない。

ついでに早坂は、かぐやの部屋にドアの隙間からメモを差し込んできたらしい。

『夜中に行くので、窓の鍵を開けておいてください』と。

本当ならば早坂はそのまま部屋に入り、かぐやと合流してしまうのがベストだったのだが、それは不可能だった。かぐやがドアに侵入者用のトラップを仕掛けていたためである。

早坂はそこにトラップがあることは見抜けたが、どのような内容のものかまではわからない。もしも糸と鈴などを使った大きな音が鳴るタイプのトラップだった場合、転ばせ中の全員に伝声管を通じてその音が聞かれてしまう可能性があるのだ。それを危惧した早坂は、メモを差し込むだけに留《とど》めるしかなかった。

他人の部屋への侵入がルールで認められている鬼滅回游では、メモを使った連絡さえ人目に触れる危険がある。今回は全員が自室にいることが確定している転ばせ中だったからこそ、それが行えたのだ。

「だが助かったぞ、早坂。おまえのおかげで、なんとかなりそうだ」

「それはお互いさまっていうか……そもそも、私を庇《かば》わなければ御行くんは例の約束もなかったわけだし。実際、それでかなり不利になったわけじゃん」

「あー、それな」

早坂が言っているのは、白銀と伊井野が結んだ密約のことである。

伊井野が出してきた条件は二つだった。

――伊井野がししまトナカイの正体であると他人に気づかれないようにすること。

――夜中に一人で中央廊下に行くこと。

その二つが、伊井野の出してきた条件だった。

つまり、白銀はししまトナカイの中の人ではなく、それは伊井野であった。

(伊井野が庭を走り回っている最中、俺は自室にいた。だから実は石上がチクショウとか怒りながら伝声管に叫んでいるのも聞いていたのだが、それを俺が知っていると伊井野がししまトナカイであることがほぼ確定してしまうからな)

結果として、白銀はかなり不利な立場に立たされることになったのだった。

だが伊井野との約束は果たせたはずだ。

議論は続いており、伊井野はそれなりに疑われてはいるものの投票されるほどではない。

「で、結局、今日は誰が御柱様になるの？」

早坂がベッドに座りながら訊いてくる。

正直、白銀としては同年代の異性が自分の部屋のベッドに座っているという状況に冷静ではいられないのだが、そこは意志の力で表に出さなかった。

「うむ、おそらく石上が俺の次に犯人候補として選ぶのは——」

♀♀♀

「……びっくりした。なんだったんだろ、あのお化け」

圭は自室のモニターを見ながら、呆然《ぼうぜん》としていた。

伝声管を使った転ばせが開催され、全員が自室にいることを義務づけられている。

その隙をついて豊実《とよみ》が食堂に繰り出そうとしたのだが、圭は念のために監視カメラの映像を確認することにした。

そうすると、そいつがいたのだ。

真っ白いシーツを被った謎の人物が、廊下をうろうろと歩き回っていたのである。

結局、その正体は最後までわからないままだった。シーツお化けは二階の空き部屋から出てきて、同じ場所に戻っていった。

（ねえー、圭ちゃん。私、まだ出ちゃダメなのー？）

豊実が伝声管に声を拾われないように小声で話しかけてくる。

スマホを使った遠隔会議と違って、伝声管ではこちらの音声だけミュートにすることができないのが不便だった。圭も小声で返事をする。

（もうちょっとだけ待ってて。またあのお化けが出るかもしれないから）

まさか本当に幽霊ではないだろうが、誰かがシーツを被って転ばせ中に歩き回っているのは確かだ。

その正体も目的も不明だが、シーツお化けに豊実が見つかるのはまずい。

（ちぇー。まあいいけどねー。夕ご飯も食べたばっかりだしねー）

圭は具合が悪いから部屋で食べると夕飯を持ち帰り、それを豊実と分けあったのだ。

（あとさー、圭ちゃん、そろそろ議論に参加したほうがいいと思うよー）

不意に豊実がそんなことを口にした。

圭は首を傾《かし》げた。

（？　なんで？）

（アモアスやったとき教えなかったっけ？　こういうゲームでは、情報出さないのは悪だからね。黙ってると狙われるよー）

（それは聞いたけど、でも今回は例外でしょ？）

圭はおやつの後からずっと部屋にいた。それは全員が承知しているはずで、御柱様に選ばれる可能性はないはずだった。

だが豊実のアドバイスももっともだ。圭がなにを喋ればいいか考えていると、

『えーっと、では先程からあまり発言されていませんが、会長の妹さんに質問があります』

石上の声だった。圭は慌てて返事をした。

「あ、はい。どうぞ」

『体調が悪いところすみません。たいしたことじゃないんですが、食事は全部食べられましたか？』

「ええ、いただきました」

ちらりとテーブルの上にのったお盆を見ながら答えた。ここで嘘をつくわけにはいかない。なにせ豊実と二人で分け合ったため、食器はきれいに空になっていた。

体調が悪くても食欲があるくらいは不自然ではないはずだ。

『それはよかった。ちなみに夕飯のメニューではなにが一番おいしかったですか？』

アイスブレイクのつもりだろうか、石上は明らかにゲームとは関係ない質問を振ってくる。だが、こうやって日常会話で油断させて、圭の失言を引き出すつもりかもしれない。

圭はその質問がくるのを警戒しながら、慎重に返事をした。

「そうですね……鯖《さば》の塩焼きがおいしかったです」

『ああ、いい焼き加減でしたよね。でも魚ってほぐすのが難しいじゃないですか。僕はあ

れが苦手で、大勢の前だとつい緊張しちゃうんですよ』

「それはわかります。だから、一人は寂しかったけど、その点だけはよかったです」

『あはは、そうですね。箸って便利だけど、やっぱり難しいときもありますよね。ところで、そこにフォークはありますか？』

石上のどうでもいい質問はまだ続いた。

まだ本題に入らないのかと呆《あき》れつつ、圭は答える。

「あ、はい。あります」

『へえー、何色ですか？』

「？　普通に銀色ですけど……？」

つまらない質問だ。緊張を解きほぐすための日常会話にしても、もう少し興味がもてる話題を選べないのかと圭が呆れていると、

「……っ！　……っ!!」

視界の端で、豊実がなぜか口をパクパクとさせていた。

それを見て、圭は不思議に思った。

豊実は、まるで圭がミスでもしたかのように慌てている。だが、なにをしたというのだろう。石上はまだ本題をきり出してもいない。

彼は単にフォークの色を質問しただけで――

「あ……」

そこで圭は、ようやく自分のミスに気がついた。

夕食の献立は、和食だった。

圭はそれを豊実と分け合ったのだが、怪しまれるのを避けるために、箸は一膳しか持ってこなかった。

だから豊実は、おやつのケーキと一緒に厨房からくすねてきたフォークで食べたのだ。

そのフォークがお盆のうえに置かれていた。

圭はそれを見て、石上の質問に正直に答えてしまったのだ。

当然、そのミスを石上が見逃すはずはなかった。

『へえ、今、そこに銀色のフォークがあるんですか……不思議ですね。僕は夕食の盛り付けをしたのですが、お盆には箸しかのっていなかったはずですよ』

伝声管の向こう側が急にざわついた。

『え、圭？　本当に？』

『どういうこと？　なにかおかしいの？』

『フォークって、まさかケーキのときに……？』

そんな声が次々に聞こえてくる。

（……どうしよう、どうすれば……）

血の気が引くとはこういうことだ。

圭は様々な言い逃れを考えたが、とても石上には通じそうにない。しかたなく、彼女は助けを求めた。

（豊実姉ぇ！　なにか言い逃れできない⁉）

（とりあえずー、おやつ前にかぐやちゃんと掃除してたことを持ち出したら？　圭ちゃんにはケーキを持ち出すのは不可能だったでしょー。実際に持ち出してないんだしー）

それだ、と圭は顔を輝かせた。

圭は伝声管を引《ひ》っ摑《つか》むと、

「あの――ちょっと待ってください。確かに私の部屋には今、フォークがあって……その、なんでこんな物があるかわからないんですが、ケーキ泥棒は私ではありません。だって、私には不可能でしたよね？　私はかぐやさんと遊戯室の掃除をしていたし、中央廊下には千花《ちか》姉ぇがずっといたということでした。私が厨房《ちゅうぼう》に行くのは不可能だったはず――」

『実はですね、それについても抜け道があるんです』

石上が圭の弁明を遮った。

『確かに、妹さんには不可能に思えますが、それは我々の過《あやま》った前提に基づいています。それは中央廊下を通らなければ厨房に行けないというものです。実は、文字どおり、抜け道がありました。厨房と遊戯室の床に、隠し通路があったんです』

『な、なんだってぇ――――ッ!!』

伝声管から驚きの声があがる。複数人の声が混じり合い、誰の声かもわからない。

だが、まったく心あたりのない圭はきょとんとしていた。

（は？　隠し通路ってなに？　陰キャの人、推理小説の読みすぎで変になっちゃったの？）

とんとんと肩が叩かれる。

圭が振り向くと、豊実が両手を合わせて謝罪のポーズをしていた。

（ごめーん。隠し通路バレちゃったら、もう言いわけできないかもー。だって実際に私、それを使ってケーキ取ってきちゃったんだよねー）

豊実はそう言うと、床の絨毯《じゅうたん》をぺろりとめくった。そこにはマンホールくらいの大きさの蓋があった。さらに豊実がその蓋を開けると、地下へと続くはしごが見える。

圭は口をパクパクとさせてから、それを指さした。

（ま、まさか豊実姉ぇ……）

（そのまさかー。実は隠し通路はこの部屋と、厨房と遊戯室に繋がってまーす！）

そこで圭は唐突に思い出した。

監視カメラの説明を豊実から受けたときに、隠し通路がどうこうと言われた気がする。部屋に引きこもっていたのですっかり忘れていたのだが――

（な、なんでそんなものがあるのーっ⁉　豊実姉ぇ、それ今すぐ塞《ふさ》げないの⁉　このままだと私がケーキ泥棒になっちゃう！）

（本当にごめんねー。でも、もうどうしようもないかなー）

圭と豊実がそんなやりとりをしている間、伝声管の向こうでは石上の解説が続いていた。

『実は僕と藤原先輩がみなさんの部屋に入ったのは、その隠し通路の出口を見つけるためでした。遊戯室と厨房が繋がっているのはすぐにわかったんですが、もう一つの出口には鍵がかかっていたんです。どこに通じているのかはだいたいしかわかりませんでしたが、誰かの個室にあるのだとはわかりました。そこで全ての部屋を確認しましたが、それらしいものはありませんでした。ただ唯一の例外は、体調が悪いと言っておやつの後、部屋から出てこなかった圭さんだけでした……』

（ちがうから！　まるで隠し通路を守るために籠城《ろうじょう》していたみたいな言われようだけど、私もその存在を知らなかっただけだから！　でもここに隠し通路があるのは事実だし、ケーキ泥棒がいるのも本当だけど……でも私は無実なの!!　お願い、誰か信じて！）

圭の心の叫びは、当然ながら誰にも届かなかった。

豊実が慰めるように圭の肩を叩く。

（本当にごめんねー。あのさ、どうしてもだったら私のことみんなに教えてもいいよ。でもそうなると、おやつの後から数時間、監視カメラにかぶりつくようにしてお兄さんの雄姿を見続けていたことも話さなくっちゃいけなくなると思うなー）

豊実はそんなことをまったく悪びれずにのたまった。

めまいのあまりに、圭は今にも倒れそうだった。

（な、なんでこんなことに……）

つまり圭に残された道は二つに一つだった。

一つは、正直に全てを話して、ケーキ泥棒は豊実だと暴露する。

ただし、その場合は圭が兄を数時間もの間、人知れず監視し続けていた事実が発覚し、極度のブラコンだと認定される可能性が高い。しかもヤンデレ気味の。

もう一つの道は、このまま石上の推理を受け入れ、ケーキ泥棒の罪を被ることだ。

『さあ、どうですか妹さん。なにか言い逃れはありますか？』

「う、うぅ……」

絞るような声が圭の口から漏れた。

人生で最も長い数十秒だった。その数十秒のうちに圭は悩み、迷い、泣きそうになり、実際ちょっと泣いて、それからようやく決断した。

「……一言だけ言わせてください」

圭は伝声管にすがりつくようにして、

「みんな、ごめんなさい――」

と、ケーキ泥棒の罪を被ることにしたのだった。

†　†　†

こうして転ばせは終わり、投票が行われた。

その結果は、二号室の白銀圭が六票、六号室の白銀御行が一票であった。

二号室の圭がなぜケーキ泥棒に至ったのか、そしてなぜヤケクソのように自分の玉を兄に投じたのか、その理由は、もう誰にもわからない。

なぜならば、すでに二号室の伝声管は閉ざされ、このゲームが続く限り、彼女の部屋と通信することは不可能になったのだから……。

そして、封じられた二号室以外の伝声管からは、どこからともなく子供たちの歌声が鳴り響いていた。


『転ばせ、転ばせ。

だーれを転ばせ。

御柱様の導きじゃ。

のけ者、よけ者、迷い者。

転ばせ、転ばせ。

だーれが転んだ。

柱の下の穴ぼこに。

転ばせ、転ばせ……』


こうして、鬼滅回游一日目の幕は閉じられたのである。

【二日目・その二】

カバー下掲載の「月影館」見取り図、★印は隠し通路の出入り口。

かぐやが食堂に行くと、そこにはすでに何人かの姿があった。

そのうちの一人が駆け寄ってくる。

「かぐやさぁあああん、昨日はすみませんでしたあああ……」

圭《けい》だった。

べそをかきながら、普段は決して見せないような表情でぺこぺこと頭をさげてくる。その両目の下には大きなくまがあり、きっと夜中まで泣いていたのだと察せられた。

「詳しくは言えないんですけど、ちがうんです。本当に私、いえ、あのケーキを取ったのは私なんですが、これ以上は言えないんですが、本当に私はちがうんです……」

支離滅裂な圭の言葉を、かぐやは柔らかな笑顔で受け入れた。

「いいのよ、圭。大丈夫よ。だって、ゲームの一部だったのでしょう？　ほら、誰も気にしてないから、そんなに泣かないの」

よしよしと圭の頭を撫《な》でてやりながら、かぐやは心から同情するとともに、言いようのない幸福感に包まれていた。

（ああ、圭。すっかりしょげてしまって、なんてかわいそうなのかしら……でも、あなたが私を頼ってくれて、本当に嬉しいわ）

かぐやの心に慈愛が満ちてくる。自分の中に、これほど優しい気持ちがあったのかと気づかされたような思いだった。

「圭ちゃんったら、朝早く起きて一人で朝食の準備してくれたんですよー」

「そうそう、当番は私と伊井野《いいの》先輩だったのに、圭ちゃんが全部やっちゃったのよねー。ふふふ、やっぱり圭ちゃんの泣き顔って素敵。癖になりそう」

「私も早起きしたつもりでしたが、彼女にはかないませんでした」

藤原《ふじわら》、萌葉《もえは》、伊井野が口々に言いながら、かぐやと圭のもとへとやってくる。みな、笑顔で圭を慰め始める。

「でも、私、ケーキ泥棒のうえに半分も……そんな、ホールケーキの半分なんて食べられるわけないいじゃないですか。どれだけ食いしん坊なんですか。だから、本当にちがうんです。いいえ、本当のことはなにも言えないんですが……」

優しくされて感極《きわ》まってしまったのか、圭は先程よりもひどく泣き出してしまった。

「ほら、圭ちゃん、いつまでも気にしないの。ご飯のときはノーサイドだよ」

「そうだよー。あんまり可愛い顔してると、さらわれちゃうよ」

「あの、ケーキ半分くらいなら普通に食べられますよ……食べられますよね？」

女性陣はそうやってひとかたまりになって、交互に圭の頭を撫でていた。

そうこうしているうちに、食堂に新たな人影がやってきた。

「あー、おはようございます」

石上《いしがみ》である。

和《なご》やかなコミュニケーションをとっていたかぐやたちが、一斉に身を固くした。

一瞬で食堂の空気が重くなったのを感じる。

まだまだしばらく泣きやむ気配のなかった圭が、石上の顔を見た途端に、すん、と表情を消して、いつもの冷静さを取り戻すほどであった。

「あ、石上くん、おはよー」

ようやく藤原が挨拶すると、それに続いてバラバラと「おはようございます」「おはよー」と声が続く。

「あの……圭さん、昨日はすみませんでした。僕、つい本気になっちゃって……」

「あ、はい。平気です」

圭は真顔で答えた。

しばらく沈黙があった。

「そうだ、石上くん、ご飯の準備もうできてるから、好きな席に座っててね」

「そうですか？　すみません、食事の支度《したく》もしてもらって。僕の当番は今日の夕飯でしたよね。いやー、今からもう緊張するなー。失敗しても怒らないでくださいね」

藤原がテーブルを指し示すと、石上はいつにも増して饒舌《じょうぜつ》に語りながら一番下座《しもざ》の椅子に座った。

「いやー、はは……」

それから石上は一か所に固まっている女性陣をちらりと見て、誰も席につかないのを見て、卓上に並べられたナプキンを手持ち無沙汰にいじり、女性陣をまたちらりと見て、窓の外を見て、それから視線を戻し、

「――無理だ！　気まずい！」

と、頭を抱えて絶叫した。

「ごめんなさい！　本当に僕のせいです！　でも言いわけさせてください！　だって人狼《じんろう》ってああいうゲームじゃないですか！　そりゃあ、きつく詰めすぎたかなってちょっと反省しましたよ⁉　さすがに年下の女の子にあれはないかなって思って、会議が終わったあとに謝ろうと思ってたんですよ、僕も！　ほら、リア友同士の人狼って、『あのときの推理まるで見当違いだったよね』とか、『あの場面でとっさについた嘘、くだらなすぎて最高だったね』とか、他人と自分のミスを振り返って笑うまでがワンセットじゃないですか⁉　それで勝者も敗者も和気あいあいと仲直りまでがお約束っていうか……それが、なんなのあの歌ァ！　めちゃくちゃホラー展開！　終わったあとの反省会どころじゃないし！　ていうかそもそもそんな時間なかったし！　【転《ころ》ばせ】が終わって歌が流れて、あとは誰とも話さず真夜中ですよ！　めちゃくちゃ怖いし気まずいし、本当にごめんなさい！　でも、僕のせいだけとは言いきれない気がしてやまないんですよ、あの歌！　ほんと怖ァ！」

半べそをかきながらわめきちらす石上を遠巻きに見ながらも、女性陣は誰も彼のことを

慰めようとはしなかった。

「……それにしても、会長遅いですね」

藤原が時計を見ながらつぶやいた。時刻は七時二十分を過ぎたあたりだ。

周囲の視線が、それとなくかぐやに集まる。

「どうしたんでしょうね？　見てきましょうか？」

かぐやは本当になにも知らなかった。

昨夜は、転ばせが終了すると、ほとんど間《ま》を置かずに早坂《はやさか》が部屋にやってきた。急に呼び出されたことや、連絡がとれずに合流が難しくなったことで早坂に嫌味を言われたが、それでも最後には笑って許してくれた。

かぐやはそれから早坂と情報交換をして、夜は出歩きもせずに大人しく寝た。早坂と合流したばかりで大きく動いて注目を集めるのは避けたかったし、それに転ばせ中に白銀《しろがね》から指摘されたことも引っかかっていた。

白銀は誰かが夜中に動き回れば、それを判断することができるのだという。その方法も、そもそもそんなことが可能なのかどうかさえわからないが、フォーク一本で有罪判決を受けた圭のことを思えば、へたに動くことはできなかった。

(動くとしたら今晩よね。私が昼間に情報を集めて、夜中に早坂が探索する。この行動指針で間違っていないはず)

早坂と話し合った結果、それが最も効率がいい役割分担のはずだった。

昨日一日、ゲームをプレイしてみて感じたことだが、鬼滅回游《きめつかいゆう》は自由時間が極端に少ない。館《やかた》の探索をして、どこかにある財宝を見つけるのが目的のはずなのに、木札に従うだけだと掃除や整理ばかりさせられることになるのだ。確かに木札の暗号を解く手がかりは手に入るので、まるで無駄というわけではないのだが、その小さな成功と報酬の連鎖こそ、かぐやには釣り針に仕掛けられた餌《えさ》のようにも思えるのだった。

（会長や石上くんのように、真面目にプレイし続けると本質を見失う恐れがあるわ。『目先の欲を払いのけ、己《おのれ》の中にある悪に打ち勝たねば、真の勝利は得られない』という伝承の一文は、それを表しているんじゃないかしら？）

もちろん、それはなんの確証もない話である。

だが昨日の白銀たちの様子を見たうえでの、それがかぐやと早坂の共通見解だった。

「じゃあ、私とかぐやさんで会長呼んできますから、みんな先に食べてていいですよ」

「あ、僕も行きます！」

藤原とかぐやの後に、石上が慌ててついてくる。きっと圭と同じ場所に取り残されることを避けたのだろう。

肩を落としながらかぐやたちの後ろをとぼとぼと歩く石上の姿は、まるで叱られた直後の大型犬のようであった。

「会長、おはようございます。朝ですよー。起きないとご飯抜きですよー」

藤原がドアをノックして呼びかけたが返事はない。

「返事がないですね」

藤原が首を傾《かし》げる。それからおもむろにドアノブを捻《ひね》ると、

「あれ？　開いちゃった……」

鍵がかかっていなかったドアは、呆気《あっけ》なく開いてしまった。

「会長、鍵かけずに寝たんですかね？　なにかの作戦？　それとも……」

「だから、私は知りませんって」

藤原の怪しげな視線にかぐやはきっぱりと首を振る。まるで夜中に密会されていたように疑われるのは心外だった。

「あ、じゃあ僕、起こしてきますよ」

石上が部屋に入って、やがて戻ってきた。

「あの……誰もいないんですけど……」

「え？」

かぐやは藤原と共に室内に踏み入った。

石上の言うとおり、そこはもぬけの殻だった。

「会長？　あれ？　おーい、どこですかー？　……かくれんぼ？」

藤原の疑問に答えるものは誰もいなかった。

†††

その後、全員による館中の探索が行われた。

本館の全ての室内はもちろん、大浴場、トイレ、地下、時計塔に至るまで捜索の手を伸ばしたが、白銀の姿はどこにもなかった。

だが、代わりに発見したものもある。

柱時計の文字盤の上部から、財宝が出てきたのだった。

♀♀♀

「えーっと……そろそろ言ってもいいだろうからバラしますけど、兄は事件に巻き込まれたわけではありません。ゲームの都合で姿を消していますが、危険はありませんから心配しないでください。では私は部屋に戻ります。みなさん、引き続き頑張ってください」

圭はそう言い残して、とぼとぼと部屋へと戻っていった。

一同はその言葉に安心し、そして彼らの関心は白銀の行方から財宝へと移った。

柱時計の上部から出てきたのは、サイコロのような立方体の【箱】だった。

箱はちょうど手のひらに収まるかどうかという大きさで、立方体の一面だけにガラスがはめ込まれており、そこから中が見えるようになっている。

伊井野はそれを手に取ってしげしげと覗き込んだ。

「……やっぱり宝石ですよね、これ？」

「そうですね。あ、ミコちゃん、その角度で。そう、そのままお願いします」

伊井野が持っている箱を、藤原が虫眼鏡で覗き込んでいた。ガラスは曇りガラスで、中身の形と色がかろうじてわかる程度だった。

箱を振ると、宝石がころころと動く。さらに箱についた鎖がじゃらじゃらと音を立てた。鎖は数メートルはあり、柱時計の内部に繋がっていた。

「これ以上、無理に引っ張ると、ガラスが割れちゃいそうです」

「割っていいんじゃないですか？　だって明らかにその中身が財宝ですよね」

藤原の肩ごしに箱を見ていた萌葉が軽い口調で言う。藤原はようやく虫眼鏡から目を離して、姉の顔で萌葉に言い聞かせた。

「だめですよ、萌葉。いいですか……ほら、箱は木とガラスが複雑に組み合わさっていて、少しだけ動く部分があるでしょ？　これはきっとからくり箱です」

伊井野は、かつて箱根で見た寄木細工《よせぎ》を思い出していた。

その箱には鍵穴も取っ手もなく、少し触っただけではどのように中身を取り出せばいいのか決してわからない。だが、適切な部分を定められたとおりの順番で押したり引いたりするとやがて箱の一面が外れるようになるのだ。

その手順の数から、五回仕掛け、二十一回仕掛けなどと名付けられており、当然回数が増えるほど開けるための行程は複雑になっていく。すごいものでは、仕掛け数が三百回を超えるものもあるということだった。

そしてガラスを割ってはいけない理由は、他にもあった。

「あの、うっすらとですがガラスに文字みたいなものが見えませんか？　これってガラスを割ったら読めなくなってしまうと思うんです。だから、きっと正しい手順で開けることが求められているんじゃないでしょうか？　伝承にも『欲望と没落は表裏一体』とありましたし、ガラスを割るのはやめたほうがいいと思います」

「あー、ほんとだ。さすがミコちゃん。よく気づいたね」

藤原がいいこいいこと頭を撫《な》でてくれる。伊井野は頬《ほお》が緩むのを感じた。

頭を撫でられながら、伊井野はこっそりと石上のほうへと目を向けた。

石上とかぐやは、からくり箱を調べる伊井野たちと少し離れた場所で柱時計の内部に書かれた文字を調べている。それは部屋の木札と同種の暗号になっており、二人は解読を試みているところだった。

「解けました。暗号文にはこう書かれています」

かぐやがメモ帳を一枚差し出してくる。そこには達筆な字でこう書かれていた。

【愛が欲しくば、知恵をもって挑むべし。富が欲しくば、勇をもって挑むべし】

全員がその文章を読み、顔を見合わせた。おそらく、全員が同じ考えに至ったのだろう。

代表して藤原が言う。

「やっぱりこれって、箱を壊すか、謎を解くかの選択が求められてるってことですよね？　勇をもって箱を壊せば中の宝石が手に入って、知恵をもってからくり箱の仕掛けを解けば愛が手に入る……」

その言葉に、伊井野は胸が高鳴るのを感じた。

「壊さずに開けたら愛が手に入るの？　なんかそっちは宝石と比べて妙にふんわりしてるよねー。ま、謎を解かずに箱を壊しちゃうのもつまんないし、まずは謎解きかなー」

萌葉がそう言いながら人の輪から離れていった。最後に、ちらりと伊井野に視線をよこして、萌葉は自分の部屋へと戻った。

（愛が欲しくば……か）

伊井野は、このゲームを利用して石上に近づこうと画策し、萌葉と手を組んだのだ。

その際に萌葉から協力の条件として伊井野に課されたのが、ししまトナカイの扮装をして人目を引きつけるということだった。

なぜそんなことをしなければならないのか、萌葉は説明してくれなかった。明らかに怪しかったが、伊井野はその条件を呑《の》んだ。

その結果として【御柱様《みはしらさま》】に選ばれたとしても構わないと思っていたからだ。ゲームに負けても萌葉の手助けを得て石上と接近するという目的を果たせればそれでいい、と。

だから、伊井野は鬼と疑われようと気にしなかった。宝探しも後回しにしていた。

――だが、ここにきて事情が変わった。

（箱の謎を解けば愛が手に入るなら、萌葉ちゃんとの約束よりもそっちのほうが――）

萌葉は石上との仲を取り持ってくれると約束はしたが、なかなかそれを果たそうとしない。むしろ、昨日のおやつの後くらいからはなにかと理由をつけて伊井野と石上を引き合わせないように誘導していた節さえある。

（萌葉ちゃんって、さすが藤原先輩の妹ってだけあって、妙に優しくて、**ひどいことされても私だけは彼女を許してあげなきゃ**って思ってたけど……）

萌葉は伊井野を利用するだけ利用して、まだなにも返してくれていない。理不尽な仕打ちだが、伊井野はそれを周囲に訴えることさえできない。なにせ、実際にししまトナカイに扮していたのは伊井野自身なのだ。昨夜の圭のように、御柱様に選ばれる危険性が高いのは、萌葉よりも伊井野のほうに違いない。

だから伊井野は人知れず決意した。

（萌葉ちゃん、あなたが約束を守ってくれないなら、それでいい。私は、自力で謎を解いてみせるから）

伊井野は二日目にしてようやくゲームへの本格的な参加を決意した。

きっと誰よりも出遅れて、不利な行動もとってしまったけれど、それでもまだ伊井野に勝ち目がなくなったわけではなかった。

（これまでの行動から考えて、鬼はたぶん萌葉ちゃんだ）

裏取引を持ちかけられてからというもの、萌葉の不可解な行動には何度も首を傾《かし》げてきた。しかしそれが、彼女が鬼だとしたならば説明がつく。

（でも、それなら私は萌葉ちゃんを警戒しながら謎解きを頑張ればいい。やみくもに全員を警戒するより、きっと効率はいいはず）

からくり箱を見つめながら、伊井野はその謎を解こうとひっそりと誓うのだった。

♀♀♀

かぐやは自室に戻ると、室内で待機していた早坂に今朝の騒動の経緯を伝えた。

白銀の失踪と財宝の発見。そして、そこに書かれていた暗号文。

かぐやの話を聞き終わると、早坂は少し考え込んでから言う。

「確か、書記ちゃんのご両親——藤原大地《だいち》様と万穂《まほ》様は当初、周囲から結婚に反対されていたと聞いたことがあります。それが、ある時期を境に急に許されたのだとか。また二人は鬼滅回游に過去参加しているという話です。もしその二つに関係があるならば——」

「ええ、私も同じ考えです」

早坂の言葉にかぐやはうなずいた。

「財宝によって愛が得られるというのはあまり現実的ではありません。ですが、既に得ている愛に、許可を与えるという類《たぐ》いのものだったならば理解できます。つまり、それこそが藤原家の伝統なのではないかしら。この謎を解いたものには家の都合に縛られない自由な結婚が許されるとか……つまり、財宝の中身とは藤原家の支援そのもの」

藤原の曾祖父は元総理大臣である。そして今もなお藤原家の持つ影響力は大きい。四宮《しのみや》家本家に仕える厳格な使用人でさえ、かぐやが藤原家に泊まりに行くのを許すほどだ。もしも、そんな藤原家の後《うし》ろ盾《だて》が本当に得られるとしたならば、四宮家本家に対する大きな力となるはずだ。

「それと会長が行方不明の件だけど、なにか心あたりはある？」

「そうですね……私が最後に見たのはここに来る前、昨晩の十時くらいです。御行《みゆき》くんは転ばせが終わった後に呼び出されていましたから、普通に考えればそれが原因では？」

「伊井野さんが会長に出した条件も気になるところね。ただ、あの子は鬼ではない気がするけど」

「かぐやは誰が鬼だと思うの？」

早坂の質問に、かぐやは少し考えてから答えた。

「今のところ、最有力候補は藤原さんね。昨日の転ばせは大人しすぎたわ。あれだけ探偵に憧れている彼女が、石上くんに出番を譲ったのはなにかしらの理由があるはずよ。それに今考えれば初日にケーキの確認を私にさせたのも不自然だわ。紅茶の相談なんて、ケーキの種類を口で言えばすむはずよ。あれはなんらかの方法で主にケーキ泥棒の罪をなすりつけるためだったと考えるのが自然です」

今朝の圭の泣き顔を思いだす。

かぐやは、自分の心に火がつくのがわかった。

「会長も消え、圭に汚名を着せ退場させ……もし鬼の正体が藤原さんでも、それ以外の人だったとしても、けじめをつけさせる必要があるわ」

復讐は冷めてからがうまい料理だという言葉がある。

ならば自分は一流のシェフになれるはずだ、とかぐやは思う。

(鬼を見つけ、箱の開け方を探す。きっとそれは同じ道の先にあるはず)

かぐやは早坂を残し、自室を後にした。

♀♀♀

自室に籠《こ》もっている圭は、相変わらず監視カメラの映像を見つめ続けていた。

画面に映っているのは、檻《おり》の中の白銀である。

白銀は、昨夜のうちに何者かの罠にかかり——その結果として牢獄に閉じ込められることになった。

だが誰が白銀を罠にはめたのかは圭にはわからない。圭は肝心のシーンを見ていないからだ。監視カメラに録画機能はなく、リアルタイムの映像しか圭は見ることができない。

該当する場面を見逃してしまえば後からさかのぼって確認することは不可能なのだ。

さらにリモコン操作で様々なカメラの映像にきり替えることができるが、それがどこの監視カメラのものなのかは不明だった。だから圭には白銀の現在位置もわからない。檻の映像は昨日から見つけていたが、兄が入っている姿を見るまで、それがなんなのか圭は理解していなかった。

（少なくとも、通常の探索できる場所にあんな檻のある部屋はなかった。お兄《に》ぃは今、どこにいるんだろう）

映像の中で白銀は膝《ひざ》を抱えている。少し前までは抜け道がないか探したり、誰かに大声で呼びかけている様子が映っていたが、今ではすっかり諦めてしまったように見える。

そんな白銀の様子を見ているうちに、ふと圭は疑問を覚えた。

（ずっと豊実姉《とよみね》ぇのことはゲームと関係ないと思ってたけど。本当にそうなのかな？）

圭は夜中まで監視カメラの映像をチェックしていた。白銀がかぐやの部屋に行かないか見張るためだ。だが、それを中断していた時間がある。豊実が「お腹空《す》いたー」と言って食堂に向かったときだ。

その間、圭は豊実の存在が誰かにバレないように監視カメラでチェックした。もしも誰かが豊実と鉢合わせしそうになったら、知らせるのだ。

そして白銀が自室から出て、消えたのはその時間のことだった。

（お兄ぃが閉じ込められた時間と、豊実姉ぇが出歩いていた時間の一致……これが偶然ってことがある？）

圭にはとてもそうは思えなかった。思えば、豊実の行動は最初からおかしかった。ただ単に親や妹たちに存在がバレるのを嫌っているというよりも、他の目的があるように思える。圭を脅すようにしてうまく操り、その目的を達成しようとしているのだろう。

そして気になることはもう一つあった。

（伝承には、【館に潜《ひそ》む鬼に注意せよ】とある。アモアスとかの設定を知っている私たちは、自分たちのうちの一人に鬼の配役が割り振られたものだとばかり思い込んでいたけれど、ゲーム参加者以外が鬼役を務める可能性だってあるんだ。藤原家代々に伝わるゲームなら、参加者よりも上の世代が鬼役を務めるという伝統があってもおかしくはない……というより、そっちのほうがしっくりくる）

圭はひっそりと考えた。

（私たちは、人狼やアモアスを知っているからどうしても鬼滅回游をそれらのゲームと結びつけて考えてしまうけど……もしかしたら鬼滅回游はまったく別のゲームなんじゃないの？）

タブレットで電子書籍を読んでいる豊実を横目で見ながら、圭は自分の仮説について検証した。

つくづく、昨夜の転ばせで御柱様に選ばれたことが悔やまれる。石上のせいだと圭は人知れず彼を呪った。

（だけど、なにか方法があるかもしれない。この鬼滅回游は説明に穴が多すぎる。一度、御柱様に選ばれた私も、これからゲームに復活する方法があるかもしれない。そして、それでゲームの勝者になれば、ケーキ泥棒の汚名を返上できるかも！）

圭は、豊実にバレないようにこっそりと計画を練《ね》り始めた。

案外、参加者の中で今、もっとも真相に近い場所にいるのは自分ではないだろうかと思いながら――

♂♂♂

白銀は目が覚めると牢の中にいた。

「え……マジでなに、この状況？」

いつの間にか一メートルほどもある高さのマットレスに寝かされている。そこから床に下りると、白銀はふらふらと歩き出した。

だが、数歩も行かないうちからそれ以上は進めなくなってしまう。

白銀の行く手を阻《はば》んでいるのは、無骨な鉄格子だった。

「なんだよ……マジでなんなんだよ。ゲームとかいうレベルじゃねぇだろ」

白銀には自分がどこに閉じ込められているのかもわからない。

鉄格子を両手で摑《つか》みながら、白銀はわめいた。

「頼む、本当にもうマジ無理！　お願いお願いマジでマジマジ！　マジ勘弁なんだっておい！　責任者出てこいよ藤原のご先祖ォ！」

古い作りであるためか、時折、鉄格子には必死に揺さぶると微かに動くところがあった。鉄棒の一本でも抜ければなんとか外に出られると思った白銀は思いっきり力を込めてみる。

「頼む、頼むぞぉ！　抜けろオラァ！　……ひぃッ！」

鉄格子と格闘していると、白銀の手の甲になにかが這《は》い回る感触があった。白銀はそれがなにかを確認するよりも早く振り払う。案《あん》の定《じょう》、黒っぽい虫が、白銀に抗議するような羽音を響かせて飛んでいった。

「うわあああああッ！　――――――ッ！」

割れんばかりの絶叫。

火花散るほどの激痛。

白銀は咄嗟《とっさ》に舌を噛み、なんとか意識を保つことに成功した。

「赤羽《あかばね》式活法……また、これを使う日がくるとはな」

口元を拭うと、白銀は大きく深呼吸した。

カブトムシでさえ見るたびに失神するほど虫嫌いの白銀である。この状況はほとんど拷《ごう》問《もん》に等しい。

あるいは、意識を手放してしまったほうが楽だったかもしれない。

（だが、へたにここでブッ倒れて、目が覚めたときに大量の虫にたかられてるなんてこと

になったら――無理無理無理無理！　完っっっっっ壁に再起不能だわ）

白銀は首を振って、最悪の想像を振り払った。

とりあえず現状を把握《はあく》しようと周囲を見回してみる。

これまで見ないようにしていたが、奥の壁に大きく【目】という文字が書かれているのだ。ただの文字でなにも仕掛けはないのだが、その文字の向こうから本当に誰かに見られているような気がして、白銀は身震いした。

だが、実際に白銀は見られているのだ。

鉄格子の隙間《すきま》から見える廊下には、監視カメラが設置されている。時折、カメラは白銀をあざ笑うように動いている。

（俺をここに閉じ込めたやつがあれで見て笑っているにちがいない。くそっ、ひでぇ趣味だ。やっぱり金持ちの考えることはわかんねえな……）

白銀は牢で目覚める前の記憶――昨夜、転ばせが終わった後に柱時計の前で出会った人物のことを思い出した。きっと彼女が白銀をここに閉じ込めたのに違いない。

その人物とは――

「うふふ」

いつの間にか、そいつは鉄格子の向こうに立っていた。

白銀は、はっと顔を上げた。

「おまえは――」

がしゃんと鉄格子と体がぶつかる音がする。ひどく痛んだがどうでもよかった。白銀は鉄格子の隙間から手を伸ばし、彼女を捕まえようとした。

だがあと少しのところでその手は届かない。

「うふふ、そんなに私が欲しいんですかぁ？　……ああ、なんて素敵。思ったとおり、会長って地下牢がすごく似合いますね」

ふざけた台詞《せりふ》だ。白銀の頭に一瞬で血が上った。

白銀は、彼女の名を叫んだ。

「藤原——萌葉ァ！」

白銀の怒声を浴びて、萌葉はうっとりとした顔をした。

「ああ、夢みたい。会長、もっと呼んで。もっと叫んで。そして、もっと……もぉっと苦しんでくださいね」

「萌葉……くん。きみが鬼だったのか？」

正直、我を忘れそうになるほどブチ切れていたが、相手は年下の女の子なのだと白銀は自分を律した。

「はい、私が鬼です」

白銀の質問に萌葉はあっさりとうなずいた。

「そして鬼の罠にかかった会長は、しばらくここに閉じ込められていてください」

「……わかった。俺はゲームに負けたんだな。それは納得しよう。ギブアップするからここから出してくれ」

「あ、それはできません」

白銀の頼みを萌葉はすげなく断った。

「なんで⁉」

「実は、私の部屋にあった鬼専用のマニュアルによると、まだ会長はゲーム脱落にならないらしいんですよね。ここからさらにある条件を満たすか、あるいはこのまま転ばせの時間まで閉じ込めておけば、投票の義務を果たせず脱落になるみたいですねー」

「転ばせって夜じゃねえか！　そんなに待てんぞ！」

白銀が叫ぶと、萌葉は「えー？」と、まるでおもしろい冗談でも聞いたように笑った。

「またまたそんなこと言ってー。私、覚えてますよ。去年のクリスマスで、会長は私がプレゼントした手錠を受け取って『すっげえ嬉しい』って言ってくれたじゃないですか。あれって『俺を監禁してくれ』ってことですよね？　だから、会長は口ではそんなこと言って、本当はこの状況を楽しんでるんですよね？」

「いや……あれは……」

確かに言った。藤原家で行われた去年のクリスマスパーティー。そのプレゼント交換で、萌葉の手錠をもらい、白銀は目に涙さえ浮かべるほど喜んだのだ。

あの日は、かぐやも藤原も圭も、お洒落《しゃれ》なプレゼントを持参してきており、白銀は自分のプレゼントが一番外れだと思われるのが嫌だった。

だから自分よりもひどいプレゼントをチョイスした萌葉に、あのとき白銀は確かに救われたのだ。だが、

「それで監禁してくれとはならんだろ。つーかマジで冗談抜きに出してくれ。ゲームとか関係ないから。もうマジで無理だから」

ついつい真顔で言う白銀だった。

しかし萌葉はそんなことを聞くそぶりもなく、

「あ、そうそう。クリスマスといえば、昨日のしましまトナカイ事件覚えてますか？　あのとき、伊井野先輩がしましまトナカイとして走り回っている間に、私はワインセラーとこの地下牢を結ぶ通路を作ってたんですよ。これって一度通路が開けばあとは簡単に隠せるんですが、最初の作業だけは時間がかかっちゃう仕組みなんです」

ほらほらー、と萌葉はワインセラーに繋がる通路の隠し扉を開け閉めしてみせながら説明する。

「たぶんあのとき、他の人たちは私の叫び声に驚いて中庭を走り回るしましまトナカイを見つけたと思うんですが、実はそれが私のアリバイ作りのトリックでした。私は隣のワインセラーから伝声管に向かって叫んで、あたかも地上でしましまトナカイを見ているように振る舞いながら作業してたんですね。伊井野先輩とはあらかじめ打ち合わせをしていたから、私はまるで見ているような実況をしながらワインセラーで作業できたんですよね。この作業って、万一にでも他人に見つかってしまったら鬼だって一発でバレてしまうから、どう

しても別の場所に注目を集めておくための囮《おとり》が必要だったんです」

それから萌葉は真っ赤な衣装を取り出してみせた。

「ちなみに二重の安全策として、私はこのなまはげサンタの衣装で作業していました。やはり機動性のししまトナカイに対して、隠密性に優《すぐ》れるなまはげサンタだけあります。誰にも見つかることなく地下牢に続く隠し通路を開通させられました！」

「すげえどうでもいい情報開示だった……なんでおまえんち、なまはげサンタとししまトナカイにそんな情熱もってんだよ？」

白銀は呆《あき》れ果《は》て、つい怒るのも忘れてしまった。

「いやーん、会長ったら。そんな冷たい目で見ないで？　どうせなら、もっと私を憎んで、恨みつらみをぶつけてくださいよー」

萌葉は白銀を挑発するように檻に近づいたり遠ざかったりする。

白銀は彼女が近づいてくるタイミングを見計らって手を伸ばすのだが、何度も間一髪でかわされてしまった。

「ふふ……さて、こんな感じでいつまでも遊んでいたいんだけどー、残念ながらまだゲームは続いているんですよね。今日は初日とちがって自由行動が多いみたいだけど、私も不在にばっかりしてると怪しまれちゃうかもしれませんしね」

萌葉はそう言うと懐《ふところ》からなにかを取り出した。

銀色の棒状の機械。萌葉はそれを白銀に向けた。

「実はですね、脱落したいという会長の望みを叶える方法があります。さっき説明したもう一つの条件についてです。そのために会長にはやってもらいたいことがあるんです」

萌葉はそう言ってボイスレコーダーを檻の隙間から投げ込んだ。白銀がそれをキャッチしたのを見て、萌葉は笑う。

「会長にやってもらいたいのは、それで参加者に助けを求めることです。さあ、できるだけ同情を引くようにお願いしますね」

♀♀♀

かぐやは柱時計の前にいた。

そこには七体の人形が並んでいる。

かぐやはその六番目――きりりとした鋭い目つきをした白銀人形をそっと撫でた。

「会長……」

つぶやいてから、かぐやはその場を後にした。

かぐやがこなすべき木札の指示は、すでに六枚目のものだった。部屋にかかっていた木札の文字は黒ずみ、読めなくなっていたが、記憶していたので問題ない。かぐや以外の者も、事前に書き写したりと対策していたため、ゲームの進行に支障はなかった。

他人の部屋に侵入できるというルールがあったため、全員木札を守る策を講じていたのである。

木札の最後の指示を後回しにして、かぐやは自室に戻ることにした。窓から見た時計塔に変化があったからだ。

授業中、誰かの腕時計や下敷きに反射した光が黒板の一部を照らしたときのように、時計塔に不自然な小さな丸い光が当たっていたのだ。

「早坂。どうしたの？」

時計塔への光の反射は、事前に早坂と決めておいた連絡方法だ。もしも誰か別の人間に見つかっても言いわけができるように、かぐやは部屋の机の上に手鏡を置いていた。光の反射は偶然にも起こりうる現象だから、決定的な証拠とはならない。

「窓の外を見てください」

早坂が指さしたほうへと目を向けると、窓の外になにかがあった。紐《ひも》で上から吊るされた銀色の棒状の物体。かぐやはそれに手を伸ばした。

「……ボイスレコーダーね」

上の部屋の窓から吊り下げられているようだ。誰の仕業《しわざ》かはわからない。早坂も首を振った。かぐやの部屋の上階は会議室だから、犯人が正体を隠したまま贈り物をするには、確かにうってつけの方法だった。

「さてと……早坂、準備はいい？」

「どうぞ」

早坂はスマホを見せながら言う。万一、ボイスレコーダーのメッセージが一度しか再生できない仕様だったとしても、これでその音声は早坂のスマホに保存することができる。

かぐやは再生ボタンを押した。

『四宮、俺だ。白銀御行だ』

「会長⁉」

かぐやは驚きの声をあげて、はっと口元を押さえた。これは白銀の居場所をつきとめる大事な手がかりだ。一言一句聞き漏らすわけにはいかない。

かぐやは煮えたぎるような思いを押し殺し、ボイスレコーダーの音声に耳を傾けた。

『俺は今、ある場所に閉じ込められている。ここのヒントを言うことは禁じられている。すまないが、犯人に内緒で四宮だけにわかるメッセージを送ることも不可能だ。おっと、もう無駄口を叩くなと注意された。だから、必要なことだけを言おう』

注意されたと白銀は言ったが、それらしい音はなにも聞こえなかった。だが、重要な手がかりだ。かぐやはしっかりとこのことを頭に刻み込んだ。

『俺は無事だ。幸いにも、飯も食ったし、水だってある。トイレもベッドもあるから明日のゲーム終了まで生きていく分にはなにも困らない。だが、正直、かなりまいってる。俺はここから、一刻も早く出たいんだ』

（わかっています、会長。私がすぐにそこから出して差し上げます）

かぐやは心の中で白銀に呼びかけた。その思いが白銀に届かないのはわかっているが、かぐやはそうせずにはいられなかった。

『……そこで、犯人は俺に交換条件を出した。この場所から解放される条件は——四宮、おまえの降伏だ』

白銀の言葉をかぐやは黙って聞いていた。

『昨夜の転ばせで投票をした穴があるだろ？　その自分の部屋番号の穴に玉を入れるんだ。そうすると御柱様に選ばれたのと同じ状態になる……伝声管は封じられ、ゲームには復帰できなくなるんだ』

かぐやは昨夜投票に使った穴を見た。確かに、なぜ自分の部屋番号の穴まで用意しているか不思議だったが、そんな使い方ができるならば納得だ。

『そして、その後は俺も同じ事をする。鬼滅回游はまだまだ続くが、俺たちは二人ともリタイアだ。だが、それもいいじゃないか……島を散歩したり、海を眺めたり、ゆっくりした時間を過ごそう。俺はそれで満足だ。だから、四宮、こう考えてくれ。これは敵に屈するのではなく、俺たちは二人でゲームから抜け出すんだ。な？　悪い取引きじゃないだろ？』

白銀は懇願するように言う。

『頼む、四宮。このゲームはもう終わりにしよう。他の方法では俺はゲームが終わるまでここから抜け出せそうにない。いくらおまえがこの場所を探しても無駄だ。だから、四宮』

——頼む、と。

かぐやは確かに白銀が頭を下げる姿を見た気がした。

ボイスレコーダーはそれで終了した。

「……で、返事はどうするの？」

元来、かぐやは他人にわざと負けることに抵抗がない人間である。利益さえ出るならば、相手に花を持たせることくらいなんでもない。

早坂の疑問に、かぐやはにっこりと笑った。

「そんなの、考えるまでもないわ」

♂♂♂

地下牢に足音が響き、白銀はがばっと顔をあげた。

「どうだった⁉」

萌葉が口を開く前に、白銀は鉄格子に飛びついてまくしたてた。

「わかってる。四宮は降伏したんだ。そうだろ？　だって最初からゲームには乗り気じゃなかったもんな。だからきみも、あまりに四宮があっさり降伏して拍子抜けしただろ？

あ、わかった。もしかして罠を疑ってるのか？　大丈夫だ！　四宮はゲームに一回や二回負けたくらいでそれを引きずるやつじゃない。それでももし心配なら俺が――」

「……会長」

萌葉が、困ったような顔で手を差し出してくる。

彼女の手に乗っていたのは、ボイスレコーダーに貼られて戻ってきた一枚のメモ用紙だった。メモ用紙に書かれているのは、ただ一文字。

【雛】

白銀はそのメモ用紙を受け取り、上下をひっくり返してみたり、裏側から見てみたり、光にすかしたりして確認した。

やがて、どうしてもその文字以外の情報を見つけられず、ぽつりと言う。

「うん。なんて書いてあるか俺には読めん。だけどアレだ。たぶん、降伏しますとかそういう意味じゃないかな。あとは、風にたなびく白旗を意味する象形文字みたいな……」

「会長」

諦め悪くぶつぶつ言う白銀の言葉をさえぎって、萌葉が首を振った。

「私、言いましたよね？　あんなかっこつけた言葉でいいのかって？　もっと私に言ったみたいに、泣きわめいて可愛い声でお願いすればかぐやちゃんの心も動いたかもしれないのに……なんで、見栄《みえ》張っちゃったんですか？」

責めるというよりもむしろ白銀に同情するような萌葉の言葉だった。

白銀は鉄格子を握ったまま、ずるずると滑り落ちるようにかがみこんだ。

「しょ……」

白銀の肩がぶるぶると震えた。うつむいた白銀の顔を覗き込むように萌葉がかがんで視

線を合わせた。萌葉と目が合うと、白銀はすぐにまた目を逸《そ》らした。そして、

「しょうがないって！」

白銀は叫んだ。

「だって四宮が目の前にいるとか、電話ならまだしも、ボイスレコーダーって！　無理だって！　録《と》ってから確認するのがだめなんだよ。だって最初に録ったやつとか俺半泣きだったじゃん。しゃくり上げてたじゃん。それ聞いちゃったらリテイクしたくなるじゃん。生放送的なアレだったらしかたないけど、何度もやり直せるならやり直しちゃうって！」

「いや、だから最初のアレでいきましょうって私は何度も――」

「そうだけどさあ！　まったくそのとおりなんだけどさあ！」

白銀は今になって後悔した。確かに見栄を張らずにかぐやに助けを求めるべきだったのかもしれない。寄り添い支えあってほしい局面だった。

だが頭の片隅で冷静になってしまったのだ。

（四宮は昨日からゲームそっちのけでイチャつきたがってたし、割と余裕ある感じで誘っても平気なんじゃないか？　だってほら、謎解き中だってベタベタしてきてたし、今は好き好きモード発動してるんじゃねえの？）

と、そんな計算も裏目に出た。

白銀としては心の底からかぐやに助けてほしかったが、つい強がってしまったのだ。

「うぅ……あんなにいろいろあったのに、俺はまだ強がることをやめられん。俺は仮面に

頼らなくては生きていけない人間なんだ……」

「ああ、会長。やっぱり素敵。えへへ」

くずおれた白銀の頭を萌葉がよしよしと撫でている。

正直、白銀は萌葉の前ではもう見栄を張るつもりが一切ない。

クリスマスプレゼントに手錠を選んだり、いくらゲームの一環としてでも他人を監禁することに躊躇《ちゅうちょ》がないことなどから、完全に**藤原の血脈**だと理解したのだった。

「ところで会長。すっかり射程距離に入っちゃってるんですけど、私のことつかまえてなんかアレやコレやしなくていいんですか？」

「いや、よく考えたらつかまえても暴力とか振るえないし、鍵を探すためにポケットとか漁《あさ》るのも無理だし。なんかどうでもよくなった」

「わー、今みたいな顔の会長も素敵ー！　死んだ魚の目みたい！」

絶対に褒《ほ》め言葉ではない比喩だが、萌葉の頰は確かに赤らんでいるのだった。

白銀はもう目の前の存在を理解するのをやめた。藤原の妹。それだけで全ての説明が完結し、それ以上もそれ以下もないのだ。

「じゃあ、私はゲームに戻りますね。もしかしたらあと一人か二人、ここに落とせるかもしれないので、期待しててください」

「あ、うん。待ってる」

ばいばーい、と手を振って、白銀は萌葉を送り出した。

萌葉の姿が見えなくなってからもしばらく手を振り続け、それから白銀はもぞもぞとした動きでベッドに戻った。

頭まで毛布をかぶり、監視カメラに背を向けて、そして白銀はひっそりと泣いた。

【二日目・その二】

カバー下掲載の「月影館」見取り図、????は地下牢。

「……これから、どうするかな」

二日目の午後、空を見上げながら石上《いしがみ》はつぶやいた。

石上は時計塔の最上階にいた。そこは敷地内のどこよりも高い場所で、太陽に近く、じんわりとした熱気と引き換えに、澄み渡った空がよく見えた。

なんとなく高い場所にのぼりたくなったのは、石上の胸に開いた穴のせいだった。

(会長……なんでいなくなっちゃうんですか。ずるいですよ)

白銀《しろがね》の不在。それが石上の心に大きな穴を空けていた。

富や愛を得られるという褒美《ほうび》に興味がないわけではない。だが、それよりも石上にとっては白銀との勝負のほうが大事だった。

(せっかく最後の旅行だったたし、会長とガチで勝負する機会なんて、そうそうなかったたし、そしてなによりも――)

石上は、昨夜の【転《ころ》ばせ】を思い出す。相手をはめるために全力をつくし、反対に相手から仕掛けられる予測不能な罠を回避するために全身全霊を振り絞った。

楽しかった。いい勝負だった。

ネットで世界中の強豪と対戦できる時代になったが、あれほどヒリつくゲームなんて、そうめったにあるものではない。

（それなのに、こんな中途半端な結末かよ。あーあ）

燃え尽き症候群とはこういうものかと石上は思う。強大なライバルがいなくなってしまった今、石上はすっかりゲームに対するやる気を失ってしまっていた。

「ん？　あれって……」

時計塔の柵によりかかってぼんやりと景色を眺めていた石上は、視界の端でぴょこぴょこと動き回る人影を見つけた。

伊井野《いいの》だった。

学校でいつもそうしているように、伊井野は館《やかた》のあちこちを移動しているようだ。額縁《がくぶち》の裏側を覗いたり、壺《つぼ》をひっくり返してみたり、謎解きのために必死に行動している。

「………………」

石上は伊井野の姿を見て、昨日、彼女に言われたことを思い出した。

遊戯室のレトロゲームの遊び方を教えてほしいと言われたのだ。そのときは謎解きを優先して聞き流してしまったが、今考えるとかなり心惹《ひ》かれる提案だった。

（そうだよ。テーブルサッカーなんて映画でしか見たことないしな。ここでしかできないことを楽しまなきゃ損だよな）

石上は立ち上がり、それからまるで落下するように軽やかな足取りで、長い螺旋《らせん》階段を駆け下りる。

すぐに息が切れたが、石上はそのまま止まることなく館へと駆け込んでいった。

幸運なことに伊井野はすぐに見つかった。

伊井野は、柱時計の前に立っていた。

「あれ、石上？　どうしたの？」

どうやらからくり箱を調べていたらしい伊井野が、石上に気がついて顔を向けた。

「石上もこの箱を調べにきたの？」

「ああ、うん、まあ……」

「？」

煮えきらない石上の返事に伊井野は眉をひそめたが、やがてぽんと手を叩く。

「もしかして、私が邪魔ってこと？　人目がないほうがいいなら、別に私も手がかりがあって調べてるわけじゃないし、いいよ。どっか行ってるよ」

「あ！　いや、そういうわけじゃないんだ！」

ためらいもなくその場から立ち去ろうとする伊井野を、石上は慌てて引き止めた。

「そうじゃなくてさ。なあ、伊井野。おまえが昨日言ってたこと、まだ生きてるかな？」

「私が昨日言ってたこと？」

きょとんとした顔をする伊井野を見て、石上は小動物みたいだなと思う。

以前はなにかにつけてキャンキャンと吠え立ててくる伊井野のことを、石上はそうたとえていたものだが、最近では少し様子がちがってきている。

（やっぱり伊井野って、可愛いよな）

間近で彼女のことを見て、あらためてそう思う石上だった。密《ひそ》かに見とれている石上に対して、伊井野はすぐには石上の言葉の意味がわからないようだった。

「それってなんだっけ？」

「だからさ……その一緒にゲームしようって話。鬼滅回游《きめつかいゆう》のことじゃなく、遊戯室にあるテーブルサッカーとかさ」

できるだけ照れないように石上は誘う。

大丈夫のはずだった。数日前、フランス校との交流会で開催されるダンスパーティーに誘ったときもオーケーしてもらえたのだ。ましてや今度は伊井野から持ちかけられた話なのだ。勝算は十分にある――石上はそう考えた。しかし――

「だめに決まってるでしょ」

「なんでッ⁉」

にべもない伊井野の言葉に、思わず叫んでしまう石上だった。

伊井野は呆《あき》れたようにため息をついて、

「今は鬼滅回游というゲームをしてるのよ？　木札の指示とか必然性があれば考えないでもないけど、ゲームの最中に特に意味もなく別のゲームをしたがるなんて、それって浮気みたいなものじゃないの？」

「……それ、昨日の僕の台詞《せりふ》」

呆然《ぼうぜん》とする石上に対して、伊井野は背中を向けてしまう。

「まあいいわ。石上が不真面目なのはいつものことだし。ライバルが減ったって思うことにする。じゃあね、石上」

そう言い残して、伊井野はその場から立ち去ってしまった。

その背中を見送りながら、石上はしばらく立ちつくしていた。

そして、幽鬼のような足取りでふらふらと進み、遊戯室に入る。

当然、そこには誰もいない。

テーブルサッカーの台を見ながら、石上は壁に背中を預け、そのままずるずると座り込んでしまった。立ち上がる元気は、とてもなかった。

「…………」

そして、石上優《ゆう》は目を閉じた。

♂♂♂

「仏説《ぶつせつ》摩訶《まか》般若波羅蜜多《はんにゃはらみった》心経《しんぎょう》。観自在《かんじざい》菩薩《ぼさつ》行《ぎょう》深《じん》般若波羅蜜多《はんにゃはらみった》時《じ》照見《しょうけん》五蘊《ごうん》皆空《かいくう》度《ど》一切《いっさい》苦厄《くやく》舎利子《しゃりし》色《しき》不異《ふい》空《くう》空《くう》不異《ふい》色《しき》色《しき》即是《そくぜ》空《くう》空《くう》即是《そくぜ》色《しき》……」

ぶつぶつと口の中で経を唱えながら、白銀はフォークで壁を削っていた。

般若心経である。

以前、伊井野に教えてもらってからというもの、精神がアレになった際は頼りにさせていただいている非常にありがたいお経だ。

「ふふふ、さすが真言《マントラ》だ。心が落ち着いてくる。だから俺は大丈夫だ。大丈夫……」

萌葉が昼飯を運んできてから、どれくらい時間が経っただろうか。

すでに半日以上は閉じ込められていることになるが、白銀は般若心経のおかげでかろうじて精神を保てていた。

フォークで壁を削るという行為もなかなか素敵だ。まるで脱獄を目指す囚人みたいで、とても前向きな気持ちになれる。実際は、明日の昼には出してもらえることになっているので、この壁をくり抜いて脱獄しようなんて気は白銀には一切ないのだが、それでもただ囚《とら》われているだけよりも、することがあるほうがずっと健全だと信じていた。

「ん……これは」

白銀は右手を止めて、壁の一点を見つめた。よく見れば文字が刻まれている。白銀のものではなく、もっとずっと古いものだ。

「さしずめ、俺の先輩が残したものだろうな。どれどれ……」

そこに書かれていたのは、こんな文章だった。

『昭和八年八月十八日。

——してやられた、と言う他ない。

小生が敗れ、投獄の身となったのは、F嬢の策略によるもの也《なり》。

まったくF嬢ときたら、夜中に呼び出し何事かと思えば、さながら某《ぼう》少女歌劇部の桃色争議もかくやの剣幕で実の父母への不満をまくしたて、小生がその境遇に同情し涙する隙《すき》に、あっという間のからくり仕掛け、忍法屋敷の落とし穴、気づけば後の祭りである。

否《いな》、祭りは続いている。だがその祭りの二日目にして、小生は虜囚《りよしゆう》の身となったのである。

F嬢の目的は、Mを勝利に導くためであろう。あれは関東中の撞球場《どうきゆうじよう》に人相書きが貼られるほどの遊び人であるが、そのようなところがF嬢のお気に召したに違いない。小生とF嬢とは長いつき合いで、昔はお兄様と呼ばれ慕《した》われたものだったが、今ではこの始末。

それにつけても不可思議なのはF嬢の両親の魂胆《こんたん》である。新聞によると、長崎の海では男女混浴が禁止されたとの報。かような時世に、いかに人里離れた別荘とはいえ年頃の男女八人を集めてこの騒ぎとは、一体いかなる思惑か。

嗚呼《ああ》、それにしても穴に落ちたが生涯の不明。あれさえなければ今頃、あの柱時計より転び出したる、爛々《らんらん》と光り輝くあの宝石を手に入れていたものを。

商売柄、様々な石を目にしてきた。玉石混淆《ぎよくせきこんこう》、騙《だま》し騙されるは世の常であるが、あれほどの逸品はついぞ見た事がない。

今頃は小生があのからくり箱を開け放ち、宝石を片手に、皆の賞賛を浴びていたのは疑うべくもない。箱と、鬼滅回游の謎を小生は確かに解いていたのだから。

あるいはその権を、憎きＦ嬢に心置きなく行使していたであろうか。

いや、やはり、それも時代に合わぬ。それならば、遊戯の指示に従い、己《おの》が心を省《かえり》みるほうが有意義だ……』

そこから先はくどくどと、Ｆ嬢に対する恨みつらみと、時折思い出したようにＭへの誹《ひ》謗《ぼう》中傷が書かれているだけだった。

そして最後には「Ｓ」という署名で締めくくられていた。

（Ｆ嬢とは藤原《ふじわら》のご先祖様のことか？　まあ、Ｆ嬢の両親がこの別荘に「年頃の男女八人を集めた」という記述があるから、間違いないだろうな。すると、このＳは妹のような藤原嬢に穴に落とされたわけか……）

妹の友人に穴に落とされた白銀は、Ｓに親近感を覚えた。

（しかし、気になる点がいくつもあるな）

もっとも重要なのは、謎を解いたという記述だ。祭りの二日目という記述から、Ｓは白銀とほとんど同じタイミングで穴に落とされたことがわかる。

（そして、「からくり箱」とは……思い出した。俺はそれを確かに見たぞ）

白銀は牢に落とされる直前のことを思い返していた。

白銀は伊井野との密約を守るために柱時計の前に行き、そして萌葉《もえは》に出会った。

そこで萌葉に柱時計のからくりを見せられたのだ。萌葉がなにか人形を操作すると、がこんという音がして、柱時計の上部から箱が出てきた。

その箱を覗き込もうと白銀が身を乗り出したところ、萌葉に突き飛ばされた。そして、いつの間にか開いていた床の穴に落ちたのである。

（そうだ。確かに俺が最初に柱時計のそばに行ったときは穴などなかった。とすると、あの音だな……柱時計から箱が出てくる音だと思ったが、それと同時に穴も開いていたなら説明がつく。だが、そうするとSの記述に疑問が出てくる）

もしもSが白銀と同じタイミングで穴に落ちたならば、箱を見たのは一瞬、もしくはかなり短い時間だったはずだ。それなのに、Sは箱の謎を解いたと豪語している。

（文章からして、Sはどうも自尊心が強いタイプだ。「あれさえなければ今頃」とか、「皆の賞賛を浴びていたはずなのに」とか、仮定の話で自分を慰めているだけととることもできるが――）

白銀は周囲の壁を確認し、他にSの文章が残っていないか探してみた。だが、いくら探しても見つからなかった。

白銀は、Sという署名を見つめた。

（謎を解いたというのが、Sの強がりではない根拠は、この署名だ。つまり、Sはこの文章だけ書けば十分だと知っていたのだ。俺なら、もっと他に書きたいことがでてくるかもしれないから、署名はしない。Sはくどくどと恨みや後悔を書くような人物のくせに、文章はこれだけと決めて、事実、他に残したものはない。それらの事実から導き出される結論は――）

Sには、本当に謎が解けていたのだ。

そして、おそらくSは、この牢から出る方法もわかっていた。

（そう考えると、他にもおかしい点がいくつもあるな。なるほど、これは後輩へのちょっとしたプレゼントということか……）

幸いにも、時間はたっぷりとある。

白銀は、何度もSの残した文章を読み返した。

♀♀♀

かぐやが自室に戻ると、壁一面に何枚ものコピー用紙が貼りつけてあった。

ハリウッド映画でよく見るように、コピー用紙に書かれた情報と、それらをつなぎ合わせる矢印が書き込まれている。誰がどこでなにをしていたか、実にわかりやすくまとめてある。

「どう？　なにか収穫はあった？」

作業中の早坂《はやさか》だったが、かぐやが来るなりきちんと顔をあげて対応してくれる律儀さは、彼女が侍従《じじゅう》だったころと変わらない。

かぐやは発見した木札をかざしながら言う。

「ええ、財宝を見つけたわ」

ぴくりと早坂の眉が上がる。

「そのわりには嬉しそうではありませんね。誰かがゲームをクリアすれば会長が解放されるはずでは？」

「だってこれ、きっと撒《ま》き餌《え》だもの。これでは本当にゲームクリアと判定されるかどうかも怪しいものだわ」

かぐやが見つけた木札には【この札を得た者は、××県××市××館の権利を得る。この褒美を望むならば、柱時計の内部にかけよ。その時点で褒美の権利を獲得し、遊戯は終了となる】と書かれていた。

早坂がスマホでその住所を検索したところ、確かに実在する住所のようだ。写真もあり、大きな屋敷で、表札には藤原と書かれている。

「どうやら実在する地名ですが、これが撒き餌というのは？」

「【世界で最も尊い褒美】がすでに存在している屋敷の権利？　それに、この木札はダンスホールのレコードの中に紛れていたのよ。誰でも簡単に見つけられるわ。もしもこれが罠だった場合、遊戯が終了というのは私だけに適用されるのかもしれない。つまり、他のみんなは鬼滅回游を続けられるのに私は失格扱い、という可能性があるわ」

「なるほど。確かにありそうな話です」

うなずいてから、早坂は一冊の本を差し出してくる。

「それと、図書室の本から鬼についての記述を見つけました。おそらく鬼が所持しているアドバンテージと、そのクリア条件かと」

　かぐやは早坂に依頼し、図書室の文献を調べてもらっていたのだ。かぐやが怪しそうな書籍を持ち帰り、早坂が部屋で読むという役割分担だ。こうすれば部屋に籠《こ》もっていなければならない早坂も時間を有効に使える。

「【鬼は落とし穴を仕掛け、人間を喰らう。喰われた人間は、鬼の胃袋から期日までに抜け出さねばその魂まで喰らわれてしまう。時計に注意せよ。現代の人間はとかく時間に縛られる。鬼はそのような人間の習性を狙って穴を仕掛ける。また、落とし穴に限らず、どのような方法でも人間を減らすのが鬼の目的である。人間の数が半数にでもなれば、鬼の勝利である。その時点で全員の遊戯は終了となり、鬼は好きな褒美を得る】……なるほど、確かにこれは鬼滅回游に関する記述のようね」

　かぐやは本の表紙を見た。【藤の花と鬼の伝承】というタイトルが書かれている。奥付は一九三五年。それだけならばいかにもありそうなものだが、これは図書室の【言語】の棚に置かれていたのだ。ざっと確認したが、この本以外はきっちりと十進分類法に基づき整理されていた。

　この本が伝承や神話の棚ではなく言語の棚に置かれていたのは、多数の外交官を輩出してきた藤原家にちなんだヒントであると考えるのが普通だ。

「藤の花……藤原の姓とかけたのでしょうが、**藤の花が鬼の弱点**とか書かれてなくて本当によかったですね」

「早坂、あなたなにを言ってるの？」

しみじみとつぶやく早坂の真意は不明だが、彼女がかぐやには理解不能なことを口にするのは珍しくない。

ともかく、これまでの探索で判明した鬼滅回游クリアの方法は三つだ。

1、　参加の権利を有する者が褒美の書かれた札を見つけ、それを柱時計にかける。
褒美はその参加者のものとなる。（ただし罠の可能性あり）
2、　参加者の半数が権利を失った場合、鬼の勝利となる。
鬼はなんでも好きな褒美を得る。
3、　箱の蓋《ふた》を開ける。開けた者は、箱の中身を得る。
勇をもって箱を開けた場合は富、知恵をもって開けた場合は愛を得る。


かぐやが考え込んでいると、早坂が気づかわしげに言う。

「でも、かぐやいいの？　探索にかまけすぎて、他の参加者と交流してないんじゃない？せめて何時にどこにいたかを誰かに把握《はあく》しておいてもらわないと、今夜の転ばせで真っ先に狙われるよ」

「……そうね」

正直、かぐやはそれでも構わないと考えている。かぐやの目的としては白銀を救い出すことが最優先で、次点は白銀を閉じ込めた者への復讐だ。

二日目の夜に参加資格を失ってもたいして痛くない。保身のために時間を割《さ》くくらいなら、全力で動き回ってゲームをクリアしてしまうか、白銀の探索を優先したほうが効率がいい。

ゲームの参加資格を失ってしまっても白銀の探索は続けられるし、復讐も然《しか》り。

「それなら犯人の要求に従えばよかったんじゃないですか？」

「相手が約束を守る保証もないのに？」

かぐやは早坂の疑問を鼻で笑い飛ばした。

「会長のためならゲームの参加資格を失うのは惜しくないけれど、最悪の場合、私も牢に閉じ込められ、さらに会長も解放されず、ただ犯人を喜ばせるだけかもしれないのよ。あんなの、交換条件にさえなってないわ」

あるいは――白銀が本当に望んでいたなら、かぐやは要求に従ってもよかった。

「会長は、その言葉どおり犯人に監視され、暗号なども仕込む余裕はなかったのでしょう。でも、あれほど謎解きに熱中していた会長がゲームなどどうでもいいと言うこと自体がおかしいのよ。つまりこの会長の態度こそが、私へのメッセージにちがいないわ。会長は私に暗にこう言ってるのよ。『オレのことは気にするな。犯人を見つけ、後悔させてやれ』と」

「そう？　御行《みゆき》くんってそんなキャラだっけ？」

疑わしげな早坂に、かぐやは自信満々に答えた。

「当然です。会長のことは**私が一番理解しているわ**。なにせ恋人なんですから」

「その『相手はこう考えてるはず』ってやつ、たいてい**かぐやの願望でしかない**って、そろそろ気づいて。そのせいであなたたち、一年以上も不毛なやりとりしてたでしょ？」

そんな早坂の言葉を無視して、かぐやは羽根ペンを手に取った。

「……ふん。だけど、そうね。確かにゲーム的にも、会長を助けるためにも、そろそろ本格的に動く頃合いかしら」

そして、メモ用紙にこう書き始める。

『石上くんへ』

続く文字を書きながら、かぐやは作戦の成否について考えた。

(問題は石上くん次第ね。今日はほとんど見かけていないけど、もしかして、もうゲームに対してやる気をなくしてしまったのかしら。そうするとまずいわね)

なにせ、かぐやの作戦は石上の推理に期待するところが大きい。

(石上くんが昨夜のようなキレを取り戻してくれたなら、おそらく作戦は成功するでしょうね。だけど、そうでないときは——)

かぐやは、密《ひそ》かに次善の策についても検討し始めた。

♂♂♂

かぐやが危惧したとおり、石上はまだへたり込んでいた。

遊戯室の壁に背を預け、床に直接腰をおろしている。

石上は、ぼんやりと窓の外を眺めていた。

こうしてどれくらいの時間が経っただろうか。

時計を見れば、いつのまにか午後四時になっていた。とっくにおやつの時間を過ぎていたが、食堂には行かなかったので、石上の分は誰かが食べてしまっただろう。

(このまま、旅行が終わるまでこうしてるのかな……ゲームでも持ってくればよかったな)

手持ち無沙汰になり、昔のことを思い出した。

かつて部屋でひとりぼっちで過ごしていた石上を救ってくれた人がいた。

だが、その人はもういない。石上よりも一足早く、鬼滅回游から下りてしまった。

現実でも白銀は一足先に学校から出ていってしまう。だからこそ、最後に本気で勝負しようと石上は張りきっていたのだ。

最初は萌葉にけしかけられたためだったたが、それはほんのきっかけにすぎない。ゲームに取り組むうちに、石上は本気で白銀に勝ちたいと考えるようになっていた。だからこそ、その白銀の不在は大きな穴となって石上の心を苛《さいな》んでいる。

救いの手を見失い、石上の心は再び暗い水底に沈んで――

「……ん？」

もぞもぞとなにかが尻を這《は》い回《まわ》るような感触があった。まさか虫でも潜り込んできたかと慌てて腰を浮かすと、それまで石上が座っていた部分の絨毯《じゅうたん》がぼこりと浮き上がっていた。

「う、うわ！　なんだ⁉」

ぼこぼこと波打つ絨毯に、石上は本能的な恐怖を覚えた。得体の知れないなにかが生み出されようとしているみたいで、まるでホラー映画のワンシーンだった。

逃げようとした石上だったが、次の瞬間、よく知っている声が聞こえた。

「そこにいるのって石上？　ごめん、ここから出るの手伝って！」

「その声……伊井野か⁉」

絨毯越しなのでくぐもっているが、その声は確かに伊井野のものだった。

石上は絨毯の端を持ち上げ、巻きながら声のほうへと向かった。ロールケーキのように丸まった絨毯が、ぼこぼこした突起部分を越えると、下から伊井野の顔があらわれる。

「けほっ！　……うわー、埃《ほこり》っぽかった。ありがと、石上。助かったわ」

「いや、それはいいけど伊井野、おまえ、そんなとこでなにしてんの？」

埃を払いながら伊井野は這い上がってくる。窓から差し込んでくる光に反射して、無数の埃が雪のように舞いおりた。

「なにって、決まってるでしょ。謎解き中なんだから、答えを探してるのよ」

「でもおまえ、そんな汚れて……」

石上の言葉に、伊井野は一瞬だけ顔を赤らめた。

それから、きっと鋭い目つきで石上を睨《にら》むと、

「だって、石上が言ったんじゃん」

「なにを?」

「こういうのは、本気でやったほうが楽しいって」

「………」

ガツンときた。

胸を突かれたような、あるいは後頭部を殴られたような、そんな衝撃。

(そうだ。確かに僕は昨日、伊井野にそう言ったんだ)

咎《とが》めるような伊井野の目を見ながら、石上は現在の皮肉な状況に思い至る。

「なんかさ、変な感じだな」

「悪かったわね。汚い格好で」

ハンカチで顔を拭いたり、服についた埃を払ったりと忙しい伊井野に、石上は「そうじゃなくてさ」と首を振った。

「僕、いつも伊井野に『ゲームしちゃダメ』って怒られてたのに、今は『ちゃんとゲームしろ』って怒られてんの」

「──ああ」

伊井野は、はたと気づいたような顔をして、

「ほんとだ。おかしいね」

子供のように、そう笑った。

「──────」

石上はなぜか伊井野の顔を直視できなくなって、目をそらした。

伊井野が出てきた穴を見ると、地下通路のようにどこかにつながっている。きっと、伊井野は四つん這いになってここを移動してきたにちがいない。

石上も昨日、それを体験したからわかる。

「おまえも隠し通路を通ったんだな」

「うん。厨房《ちゅうぼう》からこの遊戯室まで、この通路で来てみたの。人から聞いた話を鵜呑《うの》みにするだけだと、騙されてもわからないから」

それは真面目な風紀委員の伊井野からは考えられないような行動だが、同時にその融通のきかなさこそが伊井野であるとも言えた。

「ははっ、そうか。大変だったろ?」

石上は思わず笑っていた。伊井野は馬鹿にされたと思ったのか、少しだけムッとしたが、石上が昨日同じ事をしたと思い至ったのか、すぐに笑い返した。

「うん。暗いし、狭いし、怖かった。こんなことなら、最初から石上に手伝ってもらえば

よかった」

丸めた絨毯を見ながら、伊井野はそんなことを言う。

自然と、石上の口から言葉がこぼれた。

「じゃあさ、手伝うよ」

「え？」

「僕が手伝うよ。伊井野の謎解きをさ」

白銀というライバルを失い、石上が探偵だった時間は終わってしまった。

だが、誰かの助手にならまだなれるかもしれない。

そう思って石上は伊井野に手を差し出した。

伊井野はその手をすぐには取らず、いぶかしげな顔で言う。

「なんで？　石上は私と組む理由なんてないでしょ？　だって、私が鬼かもしれないのに」

「まあ、確かにおまえの立ち位置って微妙だよな」

昨日の伊井野の行動には怪しい点がいくつかある。

昨夜の転ばせ時点での石上の推理では、伊井野は三番目に怪しい人物だった。

今日はほとんど新しい情報を得ていないことを考えれば、伊井野と組むのは危険すぎる。

だから彼女と組む合理的な理由を、石上はとっさに見つけられなかった。

「でもいいんだ。僕はおまえを信じるよ。おまえ、真面目だしさ。おまえが鬼だったら、こんな複雑な状況になってなさそうだし」

「…………」

伊井野は視線をさ迷わせた。しばらく迷ってから、きっぱりと言う。

「やだ」

「————————は？」

石上はぽかんと口を開けた。それから慌てて、

「な、なんで⁉　今、完全に仲間になる流れだったろ！　おまえ、この段階でなに意地張ってんだよ⁉」

「だって、石上、全然真面目に考えてないじゃん」

伊井野はビシっと指をつきつけた。

「私思ったんだけど、このゲームで必要なのは、普段の人間関係とか、うまい言葉とかでその人を信じるかどうか決めるのはよくないってこと。きちんと考えたうえで信じるかどうか決めなきゃだめなんだよ。だから、このゲームでは無闇に『信じて』って言う人ほど信じちゃいけないと思うし、同時にたいした理由もなく他人を『信じる』って決めてる人も信じちゃいけないのよ。だから私は、今の石上を信じることができない。そんな人と組めない。……どう？　私の考え、間違ってる？」

「…………」

ぐうの音《ね》も出なかった。

伊井野は、人狼《じんろう》系ゲームの本質を語っていた。

明らかに怪しい行動をとっているのにもっと一緒にゲームしていたいからその子に投票しないとか、イケボだから信用してしまうとか、そんな感情は人狼系ゲームにもっとも邪魔なものだ。

「いや、正しいよ」

石上は伊井野の視線を受けながら、はっきりと言う。

「おまえが正しい。僕は間違ってた」

石上は素直に思ったことを口にした。

そして、伊井野の目をまっすぐ見つめ返しながら宣言する。

「僕はおまえを信じない。昨日のおまえの行動は、怪しい点が多すぎる」

「そう。それでいいのよ、石上」

二人は顔を見あわせて笑う。

いつの間にか、石上のなかに熱が戻ってきていた。

子供のころの新しい玩具《おもちゃ》の箱を開けるときのようなもどかしさと、遊園地に連れていってもらうときの車や電車の中で感じたわくわくが、石上の心を満たしている。

(変だな。会長とはもう戦えないってわかってるのに)

自分の心の動きが不思議で、石上は妙な恥ずかしさを覚えた。

「じゃあ、石上、私はもう行くね」

「あ、ちょっと待てよ」

石上は、立ち去ろうとする伊井野を呼び止めた。

「なに？」

振り返る伊井野に、石上は少し戸惑った。とっさに伊井野を引き止めたものの、なにを言おうとしたのか自分でも分からなかった。

結局、彼の口から出たのはこんな言葉だった。

「なあ、おまえ、さっき僕のケツ撫《な》で回《まわ》さなかった？　なんかこう、けっこうネチっこく触られた感触があったんだけど」

「してない！　そんなことするわけないし！　馬鹿じゃないの⁉」

伊井野は真っ赤になって怒った。

どすどすと大股で戻ってくると、石上の足下を指さす。

「これ！　この蓋、回さないと開けられなかったのよ！　石上が上に乗っかってるなんて知らなかったし！　変なこと言わないでよ！」

「ああ、そういう構造ね」

ようやく先程の変な感触の謎が解けて、石上は納得した。

伊井野はぷりぷりと怒りながら遊戯室を出ていってしまう。石上はそれを見送ってから、改めて蓋に視線を落とした。

「回すタイプの蓋か。昨日も思ったけど、もっとシンプルにしたほうが、床とのつなぎ目とか目立たなくなりそうなもんだけどな」

ささいなことだが、なぜか気になった。蓋を外してしげしげと見る。それからもう一度床にはめて、遠くから眺めてみたが、他の部分に紛れて違和感はなくなっていた。

「いや、気のせいか。やっぱり全然わからない。誰かが偶然蓋を外してしまう確率のほうが高いから、知っていて回さないと開かない構造にしたんだ。理にかなってるな」

石上の勘が、この蓋にはなにかがあると告げていたが、どうやら気のせいだったらしい。

「無駄なことしちゃったな。手が汚れただけだ」

長らく使っていなかっただろう隠し通路の蓋は、側面をもっただけで手が黒ずんでしまった。その手のひらをどこで洗おうかと考える石上の脳裏に、新たな閃《ひらめ》きが産まれた。

「回す……黒くなる……」

『それと夜中になにか仕掛けようとしているやつがいたら気をつけることだな。俺は夜中に歩き回っているやつを見抜く方法がある』

石上は、昨夜の白銀の言葉を思い出した。

「そうだ。もしかして――」

思いついたことがある。

(会長の言葉がブラフでないなら、それはきっとあの場所にある!)

石上は走りだした。遊戯室からその場所まではわずかな距離しかなかったが、悠長に歩いて移動するなんてことはできなかった。

なにかに急《せ》かされるような気分で、石上は柱時計の前までやってきた。

古めかしい柱時計と、七体の不気味な人形。

石上はそれらを丹念に調べてみた。

「やっぱりそうだ」

しばし後、石上は想像していたとおりのものを発見した。

「会長は、嘘をついていなかったんだ」

昨夜の時点で、間違いなく白銀は石上よりも先を見据《みす》えていたのだとわかる。

敗北心よりも、もっと激しい感情が石上の胸に沸き起こった。

石上は思わず笑った。

（まだ終わりじゃない。僕はようやく会長に追いついたんだ）

悔しさと楽しさを同時に味わわされる。

ようやく周回遅れで同じスタートラインに立てたというのに、その相手はどこかに閉じ込められて勝負から脱落してしまっている。こんな馬鹿げた話はない。

だが、それでも石上の闘志は衰えなかった。

「探偵役は譲りませんよ、会長」

誰にともなくつぶやいて、石上は手にしていたものを元の場所に戻す。すると柱時計の文字盤の上部にある隙間に、紙切れが挟まっているのを見つけた。

「ん？」

石上はそれを手に取った。部屋に備え付けてあるメモ用紙だった。

『石上くんへ』

そのメモの書き出しはそんな言葉で始まっていた。あまりにも達筆なその文字が誰の手によるものか、石上が見間違うはずはなかった。

「これ。四宮《しのみや》先輩の字だ」

勉強を教えてもらったことも、生徒会の仕事を肩代わりしてもらったことも何度もある。そんなときに何度も見たかぐやの文字だった。

「………………」

石上がそのメモに書かれた内容をじっくり読もうとしたそのとき、

『もしもし、石上くん？』

「え？　四宮先輩？」

伝声管からかぐやの声が聞こえてきた。

『今、柱時計の前にいるのは石上くんね？』

「ああ、はい。僕です」

なぜかぐやにそれがわかったのだろうかと石上は周囲を見回す。中央廊下には誰の姿もない。どこからか見張られているというわけでもなさそうだった。

さらに注意深く見回すと、伝声管の蓋から糸が伸びているのが見えた。その糸の先を辿《たど》っていくと、石上の足下に伸びている。

どうやら誰かがこの糸に引っかかると伝声管の蓋が動き、音がする仕組みになっているようだ。その音を拾えば、遠くにいても柱時計の前に誰かが立ったのだとわかるのだ。

『そう。よかった。その声を聞く限り、元気になったみたいね』

かぐやの口調は明るかった。

成績が上がったときや、体育祭の後、彼女に褒《ほ》めてもらったことを思い出す。

普段は冷酷な印象さえあるかぐやだったが、時折優しい一面をみせることもある。今のかぐやの声はそんなときの響きに近い。

だが、そこから先に続く言葉は、決して優しいものではなかった。

『じゃあ遠慮はいらないわね。覚悟しなさい』

「え？」

『石上くんに命令します。そこから一歩も動いてはいけません』

怒鳴るわけでもなく、決して大きな声というわけでもないのに、かぐやのその言葉には、決して反論を許さない迫力があった。

「し、四宮先輩？　な、なにを――」

『黙りなさい。口答えは許しません』

そして、かぐやは言った。

『私は鬼です。これはなにかの比喩ではありません。このゲーム――鬼滅回游において、私、四宮かぐやは、自らが鬼であることを宣言します』

「は？」

完全に虚をつかれた。

石上の頭が真っ白になる。

理解が追いつかないまま、いくつかのことが同時に起こった。

「い、石上！」

「伊井野？」

先程別れたばかりの伊井野が、なぜか慌ただしく廊下を走ってこちらに向かってくる。

まるでなにかに追われるように——というか、明らかに追われていた。

伊井野の後ろには、見慣れぬ物体がある。

赤と緑の大柄な体。角の生えた頭を揺らしながら走るその姿は——

「助けて石上！　し、ししまトナカイ！　ししまトナカイに追われてるの！」

「なんでだよ⁉」

「知らないよ、そんなの！　……って、もう無理！」

元から伊井野はそれほど体力があるほうではない。よほど必死で逃げてきたのか、汗だくになって荒い息をしている。伊井野は中央廊下に入ったあたりの場所でへたり込み、頭を抱えて小さくなった。

ししまトナカイはここぞとばかりに距離を詰めて、

「え？」

「え？」

伊井野を飛び越し、ししまトナカイは走り続ける。

見る見るうちに接近する大きな顔を見ながら、ようやく石上は気がついた。声も発しない猛獣の、その本当の標的は――

「ぼ、僕かっ⁉」

「石上！」

表情の変わらない大きな瞳に射すくめられて、石上は怯《おび》えた。

伊井野が必死に手を伸ばすが、当然そんなものは届かない。

逃げようにも、石上の足はぴくりとも動かなかった。それは恐怖のためか、あるいは先程のかぐやの言葉に縛られているのか、自分でもわからない。

ともかく、ししまトナカイは、石上のすぐ目の前に迫っていた。

「――ッ‼」

ししまトナカイが大きく口を開く。

石上は、思わず目を閉じた。

♀♀♀

「私、四宮かぐやは、自らが鬼であることを宣言します」

伝声管にそう吹き込んでから、かぐやは振り返った。

かぐやは講堂にいた。メモを柱時計に仕掛けてから、ほんの三十分ほどしか経っていない。石上があのメモを見つけるまでどれくらい待つことになるか、あるいは無駄足になるかもしれないと覚悟していたが、それは杞憂《きゆう》だった。

石上はかぐやの想像以上に優秀で、そしてタフだった。

「……えっと、どういうことなの、かぐやちゃん？」

にこにことそう言ったのは、萌葉だった。

彼女は少し前から、それとなくかぐやの周囲をうろついていた。かぐやがそうするように仕向けたのだ。

石上へのメモと同時に、かぐやは萌葉にも宛ててメモを書いていた。

だが、萌葉へのそれは柱時計に残すよりも、ずっと直接的な方法をかぐやはとっていた。

萌葉の自室に、メモの入ったポーチを入れておいたのだ。他人の部屋への侵入は許されているが、残された私物を覗き見るのはさすがに抵抗があるだろう。

しかし、部屋の使用者である萌葉にしてみれば、見知らぬポーチが部屋に置いてあれば、中身を確認するはずだった。

メモにはこう書いておいた。

『私は鬼の秘密を知っている。落とし穴のことをバラされたくなければ、自分が鬼だと自白しなさい。さもなくば、柱時計の秘密は、全員が知るところになるだろう』

署名のないメモを残してから、萌葉はかぐやの動向をうかがうようになった。あえて筆跡を誤魔化したりもしなかったから、かぐやが書いたものだと萌葉はすぐに見抜いたはずだ。事実、彼女はメモを見せて何度となくかぐやに問いかけてきた。

　このメモの意味はなんなの、私は鬼じゃないよ、そんなことを萌葉は幾度となく言ってきたが、かぐやは知らぬ存ぜぬで通して取りあわなかった。

「かぐやちゃんが鬼だったの？　じゃあ、どうしてこんなメモを私に書いたのかなー？」

　いつものように無邪気に笑いながらも、萌葉の言葉はどこか精彩を欠いていた。

　今はそれよりも気になることがあるようで、明らかに萌葉は気もそぞろだ。

　それを見て、かぐやは伝声管に新たな言葉を吹き込んだ。

「石上くん、いい？　柱時計の前を一歩も動いてはいけません。これは脅しです。私はクリア一歩手前にいます。鬼の勝利条件を満たされたくなければ、私の指示に従ってください」

　萌葉の肩がぴくりと動く。それから、彼女はゆっくりと後ずさる。

「……かぐやちゃん怖い。鬼だって自分で言ってるし、なんだか、逃げたほうがいいみたいだなー」

「逃がしませんよ、萌葉さん。もし、講堂を一歩でも出たら、あなたが鬼であると全員にバラします。いえ、私がバラすまでもないわ。全員が自《おの》ずとそう知ることになりますね」

　伝声管の蓋を閉じてから、かぐやはそう言った。

　萌葉の足がぴたりと止まる。

「なに言ってるの、かぐやちゃん。今、かぐやちゃんは自分の口で鬼だって宣言したじゃない？」

「あれはブラフです。あとで説明すれば、他の人も納得してくれると信じています。それよりもいいんですか、萌葉さん？　あなたは講堂を出ることで、自分が鬼であると自白してしまうことになるのよ。それが嫌なら、この場にとどまることね」

かぐやはそう言ってから、余裕たっぷりの仕草で背中を向ける。

萌葉のことなどまるで眼中にないという態度で伝声管の蓋を開き、かぐやは告げる。

「石上くん、まだそこにいるかしら？」

『……ええ、いますよ、四宮先輩』

「そう。そのまま絶対に動いてはだめよ。少なくとも、あと十秒は」

満足そうに言ってから、かぐやは振り返った。

「あら？　まだそこにいたんですか？」

まるで思いも寄らない人物に道でばったり出会ったように驚いた顔で、かぐやは萌葉を見つめる。

「もうあなたに用はありません。時間を取らせましたね、萌葉さん」

「……かぐやちゃん、どうしちゃったの？　そんなことだと、御柱様に選ばれちゃうよ？」

まるでお化けでも見るみたいな顔で萌葉が言う。

かぐやは、余裕たっぷりの笑顔で答えた。

「そうね。その可能性はあるわ。転ばせの結果が楽しみね」

「…………」

萌葉はなにも言わずに講堂を出た。

その背中を見送ってから、かぐやは伝声管に言う。

「終わりましたよ、石上くん。それでは、また今夜」

そのかぐやの言葉とともに、六時の鐘が鳴った。

夕食の時間である。

それは同時に、二日目の探索が終了となる合図でもあった。

【転ばせ　終夜】

『さて、みなさん準備と、そして覚悟はいいですか？』

二日目の【転《ころ》ばせ】も、昨夜と同じく藤原《ふじわら》の宣言で開始された。

石上《いしがみ》は、椅子を伝声管の前まで移動し、気を引き締めた。

ここからが本当の勝負なのだ。

『会長は……やはり参加していませんか。転ばせへの不参加は失格となりますから、これで会長は本当にリタイアというわけですね』

藤原の言葉に応える声はない。

石上、かぐや、藤原、伊井野《いいの》、萌葉《もえは》――この五人が、今夜の転ばせの参加者だった。

『でもさー、もう話しあう必要ってなくないですかー？』

誰よりも早くそう口火を切ったのは萌葉だった。

『だって、かぐやちゃんが鬼は私だーって言ったじゃない？　みなさんも聞いてましたよね？　だから、かぐやちゃんに投票して、それで終わりでいいんじゃないの？』

それはある意味で当然の発言だった。誰もがかぐやからの反論があると思っていた。しかし、伝声管から漏れてきたのはこんな言葉だった。

『みなさんがそれでいいなら、私は構いません』

微笑《ほほえ》むかぐやの姿が目に浮かぶようだ。どうやら、かぐやは自分以外の誰かに推理を譲るらしい。その真意は不明だが、そういうことならば石上に黙っている手はなかった。

「待ってください。僕には四宮《しのみや》先輩が鬼だとは思えません」

当然、萌葉からの反論が予想されたが、石上はそれを許す前にまくしたてた。

「まず誰が鬼かを判断するには、二つの事件から考える必要があります。一つは【会長消失】、もう一つは【四宮先輩の鬼宣言】です」

『だから、その二つ目のかぐやちゃん鬼宣言だけで十分じゃないんですか？』

石上の説明を遮《さえぎ》って、萌葉が繰り返した。このままでは、この調子で何度も横やりを入れられるかもしれない。

しかたなく、石上は説明の順序を変えることにした。

「いいのか、萌葉ちゃん。今から話しあいせずに投票したら、たぶん【御柱様《みはしらさま》】になるのは、きみだぞ」

『え？　えーっ！　なんでそうなるんですかー』

萌葉は不満そうに言う。だが伝声管から次に聞こえてきた声は石上の主張に賛同するものだった。

『そうですね、私も今のままなら萌葉さんに投票します』

『四宮先輩に同じです』

『萌葉、頑張ってねばってくださいね。最初の推理は石上くんに譲るけど、ひっくり返されたら次は私が相手になるから』

かぐや、伊井野、藤原が順番に言った。

それを聞いて、萌葉は不機嫌を隠さずに反論する。

『なにそれっ⁉　ずるくないですかー？　高校生組が結託して、私を生《い》け贄《にえ》にすることに決めたんですか？　でも本当にそれでいいの？　鬼はあと一人誰かの権利を奪えばいいんだから、私以外が鬼だったらその人の勝ちになっちゃいますよ？』

「まあ、そうなるね。だから、最後の話しあいをして、一番鬼の確率が高い人に投票しようとしているんだ。それと、僕たちは同じ高校に通ってるから信頼しあってるとか、そんな綺麗な話じゃないよ。僕たちは、ちゃんとお互いを疑いあって、それで誰が一番鬼の確率が高いのか、自分で判断したんだ。それを怠ったのは萌葉さんだ。まあ、君が鬼じゃない可能性も、ないわけじゃないから、一応、これからの推理を聞いて、穴があったら教えてほしい」

『…………』

萌葉は大人しくなっていた。闇雲に茶々を入れても自分が不利になるだけだと悟ったのだろう。

「では、今からその根拠を説明します」

石上はすでに記入ずみのメモ用紙を手元に引き寄せ、間違えないようにそれを読み上げた。

「まず会長消失についてですが、実は柱時計の前の床に、落とし穴らしきものを発見しました。かなりわかりづらかったのですが、厨房《ちゅうぼう》と食堂の蓋《ふた》と同じ形式だったのでなんとか見つかりました。そこで蓋を開けてみようと思ったのですが、どうやっても手では開けられません。なにか仕掛けがあるのだと思います。これは僕一人で確認したのではなく、その場にいた伊井野たちにも確認してもらいました」

『確認しました』

『私も調べましたが、蓋の仕掛けはわかりませんでしたー』

伊井野と藤原が口々に言う。

石上は続けた。

「会長がここから落とされたならば、その方法はおおまかに二つあります。一つは【鬼もその場にいて、蓋を操作した】、もう一つは【鬼はその場にいないで、遠隔操作で蓋を外した】というものです。そして、ここからが重要なのですが、鬼としては絶対に見逃せない場面がありました。それが二つ目の事件【四宮先輩の鬼宣言】です」

あのとき、かぐやはしきりに石上に対して「柱時計の前を動くな」と言い続けていた。つまり、石上は蓋の真上におり、鬼が蓋を開ければ落とし穴に落ちる状態だったのだ。

「四宮先輩の鬼宣言は、誰が考えても鬼を誘い出すための罠だとわかる状況でしたが、あえてそうなるように狙ったものでした。今にして思えば、あれほど絶妙な状況設定はありません。鬼の勝利条件は、人間を半数にすることです。圭《けい》さんは御柱様に選ばれ、会長は囚《とら》われの身です。つまり、あと一人穴に落とせば鬼の勝利は確定します。でも、鬼の立場になって考えてみましょう。なりふり構わずに行動してもいい場面でしょうか？　いいえ、そうではありません。なぜなら、穴に落ちた人の参加者としての権利が剥奪されるのは、転ばせの投票に参加しなかった場合です。つまり、鬼はあと一人穴に落としたとしても、そのせいで自分が鬼だとバレて、御柱様に選ばれてしまったらアウトなんです。だから、鬼とはバレずに僕を穴に落とす必要があったんです」

　それでも石上は、穴に落とされるリスクを承知で、柱時計の前に居続けた。覚悟のうえで、石上はかぐやの策に乗って鬼を誘っていたのだ。

　それは柱時計に仕掛けられていたかぐやのメモの内容に従ってのことだった。

　そこにはこう書かれていた。

『これから鬼を炙《あぶ》り出《だ》します。私は伝声管を使ってあなたに動くなと命じますが、もしも石上くんの目の前にいる人物が鬼だと思うなら、そこから逃げなさい。でも、もしも目の前にいない誰かが鬼だと思うなら、私の言うとおりにしてください』

　そして石上はその言葉に従った。

「四宮先輩の策は、鬼を炙り出す作戦としてかなり優秀だと思いました。だから僕はその提案に乗ったんです。そのとき僕の目の前には、伊井野と藤原先輩がいました。そうですね、お二人とも」

『はい、私は確かにその場にいました』

『はいはーい、私がしましまトナカイ姿で中央廊下までミコちゃんを誘導しました』

後で判明したことだが、あのとき乱入してきたしましまトナカイの中身は藤原だった。

「僕にとっては賭けですね。もしも伊井野か藤原先輩が鬼なら、僕は間違いなく落ちますから。ですが、僕は落ちませんでした」

『えっと……さっきから話がみえないんですけどー。石上先輩が落ちなかったのはよかったけど、それが鬼は誰かってことに関係あるんですか？』

萌葉が心の底から不思議そうに言う。

たいしたものだと石上は思う。きっと内心で萌葉は焦《あせ》っているにちがいないのに、そんな様子はおくびにも出さない。石上は続けた。

「ええ、もう少しだけ説明させてください。ところで、会長は昨日、重要なことを言っていましたね。僕が犯人ではないとか、夜中に出歩いたらそのことがわかるとか。前者については僕は事実だと知っていますが、証明しようがありませんので無視します。しかし、後者については物的証拠を発見しました」

『え？』

萌葉が驚く声が聞こえる。今度は本当に驚いているはずだ。

なぜなら、彼女はそのことを知らなかった。気づいていたならば、彼女の犯行を示す証拠となる物証を始末していたはずだからだ。

「その証拠は、柱時計の前にある人形です。あの人形は、鍵がかかると内側を向いて、鍵を開けると外側を向きますね。くるくると回る人形の仕掛けに、会長は目をつけました。そして、あの人形は木札と同じ材質で出来ています。つまり、杉です。タンニンを含んだ杉が、あるものに触れるとどのような化学反応を起こすか、僕たちは昨日、学習しましたね？」

木札が黒ずんだ事件を思い出す。結局犯人がいたわけではなく、その部屋の使用者自身のせいだったというオチだった。あの事件の謎を解いたのは白銀《しろがね》である。

その白銀が、今度はそれをトリックに利用したのだ。

「人形は取り外せるようになっています。会長はそこに罠を張りました。人形の裏側の足下にあたる位置に重曹《じゅうそう》を含ませた雑巾《ぞうきん》を仕掛けたのです。おそらく、仕掛けたのは夕食後から初日の転ばせが始まるまでの間の時間でしょう」

『……あの、それってどういう？』

混乱した様子の萌葉に、姉である藤原が説明した。

『あのね、萌葉。重曹が触れると黒くなるのはわかるよね。でも化学変化だから、一瞬で色が変化するわけではなく、時間差があるの。会長はその時間差を利用して、誰が夜中に鍵を開けたかわかるような仕組みを作ったんですよ。しかも黒くなるのは足下だけだから、人形をよく調べないとわからないくらいの仕掛けです。私もかぐやさんに言われて初めて気がつきましたが、よく見ると全員の人形は色がずいぶんとちがっていました』

石上とかぐやと藤原の人形の足下は、表側が真っ黒になっていた。

萌葉と白銀の人形は、表側は少しだけ黒ずみ、裏側は真っ黒になっていた。

そして、伊井野の人形は、両面とも同じくらい黒くなっていた。

「このことからわかるのは、鍵をかけていた時間の長さです。より長い時間、鍵をかけていればそれだけ表側が黒くなりますから、表側が真っ黒になっていた僕、四宮先輩、藤原先輩は夜中に外出していなかったことがわかります」

石上の説明を補足するようにかぐやが言う。

『ちなみに、私は人形のトリックに今日の朝一番で気づきました。そして、藤原さんにも確認してもらっています。だから、昼の間に長い時間鍵をかけ、人形の足下を黒くしたという言いわけは封じられます』

『はーい。私も見ました。夜中に出歩かなかった証明ができて助かりました。というか、石上くん、そのことに気づいたの夕方くらいなんだって？　ふふ、お寝坊でしたねー』

自分で見つけたわけでもないくせに、藤原がマウントを取ってくる。

「はいはい、僕は確かに寝ぼけてましたよ。夜の間、ずっと鍵をかけて熟睡してたくらいですからね。ですが、これで僕たち三人が夜に出歩かなかったことの証明にはなります。なにか反論がある人はいますか？」

『…………』

誰からの反論もない。

石上は自分用にまとめたメモを見ながら次のことを説明した。

夜中に外に出た人物……萌葉、伊井野。

夜中に閉じこもっていた人物……石上、かぐや、藤原。

鬼宣言時に柱時計の側《そば》にいなかった人物……かぐや、萌葉。

鬼宣言時に柱時計の側にいた人物……石上、藤原、伊井野。


「では、これらの事実からまず四宮先輩が鬼だった場合を考えてみましょう」

かぐやは初日の夜に部屋を出ていない。それで白銀を穴に落とせたというのならば、落とし穴は遠隔操作が可能だということになる。つまり、あのかぐやの鬼宣言時に、かぐやは石上を穴に落とすことが可能ということになる。

「四宮先輩はそのとき、萌葉さんと一緒に二階の講堂にいました。それから萌葉さんは講堂を出ていこうとしたけど、それを四宮先輩が引き留めました。これっておかしいですよね？　四宮先輩が鬼なら、萌葉さんが部屋を出たあとに僕を落とす以外の勝ち筋なんてないはずですから。目撃者さえいなくなれば、その後の転ばせでの勝率もあがるはずです。それなのに、四宮先輩はそうしなかった。その理由は一つです。四宮先輩は鬼じゃないからら」

『………』

萌葉はなにも言わない。

　これまでのかぐやの全ての言動が、石上の説を裏付けているからだ。

「いいですか？　つまり、四宮先輩は自分が鬼だと宣言し、あえてリスクをつり上げることによって、逆説的に自分が白だと証明したんです」

『私があの状況で普通に説明しただけだと、みんなを伝声管の前に引き止めることができるかどうか疑問でした。だから私は鬼だと嘘をついたんです』

　まるで石上を褒《ほ》めるような口調のかぐやだった。

　石上は、伊井野に手を組もうともちかけて、断られたことを思い出す。

　昨日とちがい、参加者の意識に変化が生まれていた。

　伊井野だけでなく、ほとんど全員が甘い誘いを警戒しているように感じた。だからこそ、かぐやは「鬼を見つける方法がある」などといった各人に利がある取り引きを持ちかけるのではなく、「自分が鬼だ」と宣言し、全員の注意を引いたのだ。

　この状況下では、善意よりも悪意に満ちた言葉のほうが耳を傾ける価値がある。

　また、おそらく全員がかぐやの宣言がブラフの可能性を考えたはずだったが誰もその場を動かなかった。なぜなら、かぐやが鬼でないならば、あのブラフは鬼を追いつめるための作戦だからだ。そして、その作戦に協力しない者は、鬼だと疑われることになってしまう。

　あるいは、もしもかぐやが鬼だった場合は、転ばせで投票すればいいだけのことなのだ。

　伝声管の向こうで、かぐやがいつもの涼しげな笑みを浮かべているのが、石上には確かに見えた気がした。

『あれなら、みんな私の話を聞いてくれるでしょう？　たとえそれで一時的に不利になったとしてもかまいません。なぜなら、優秀な探偵が真実を見つけだしてくれると知っていましたから』

かぐやに褒められるといつもそうなるように、石上はくすぐったい気持ちになった。

（リモート会議でなくてよかった。きっと僕はニヤニヤしてるからな。キモいツラをみんなにさらさずにすんだ）

つまりかぐやは白である。そのかぐやが、石上の説明を引き取った。

『会長の昨夜の発言から、一番白に近いと思われる石上くんに落とし穴の上に立つ役を担《にな》ってもらいました。ですが、会長の発言が事実だという証拠はありません。私は石上くんのことも疑い続けていました。石上くんはあの宣言時、柱時計に仕込んだメモを見つけていたはずです。もし彼が鬼なら、落とし穴の前にずっと立っているなんて無意味な真似はせず、伊井野さんや藤原さんを穴の前に誘導していたでしょう。私のメモをおとりに使うのが一番有効ですね。それをしなかったことで石上くんが白だということは証明できます』

石上はあのとき、もっとも危険な立場にあった。だが、結果としてかぐやの言葉に従ったことが白を証明する結果になった。

『ちなみに、藤原さんの場合は、私はこうお願いしました。【伊井野さんを柱時計の前まで誘い出してください】と。決してその場に留《とど》まるようにはお願いしていません。もしも藤原さんが鬼ならば、初日に外に出ていないから、彼女は遠隔操作が可能なはずです。そのまま柱時計の前に居続けず、たとえば隣の食堂あたりに姿を隠してから、石上くんを落とすことも可能だったはずです。そうすれば伊井野さんに目撃されずにすみますから、この転ばせを生き延びることも可能でした。それをしなかった時点で、藤原さんの白は確定します』

『ちなみに、あのししまトナカイは初日に暴れていたのとは別物で、私が余興のために島に持ち込んで金庫に隠していたものです。つまり——ししまトナカイは二着あったんです』

ドヤァという擬音が聞こえてきそうなほど自信満々に言う藤原であった。

だが、ししまトナカイが何着あろうと事件には関係ないだろ、と石上は思った。その証拠にかぐやも『え、あれって初日のとは別なんですか？　なんでそんな無意味なことを……』とつぶやいている。

『あのー、今の話で石上先輩と姉様が白っぽいのは納得しますけど、でも、他の人はちょっとどうかかと思っちゃいますねー』

萌葉だった。

彼女は余裕を取り戻したように明るい声で言う。

『伊井野先輩って今の話だと白の要素がないですよね？　初日の夜に外出してるし、宣言時には姉様に見られてるから石上先輩を落とし穴に落とせなかったんですよ。それに、かぐやちゃんも怪しいよねー。確かに鬼にしては不合理な行動だったと思うけど、それこそがかぐやちゃんの狙いだと思えませんか？　鬼は勝利にリーチをかけています。とにかく議論を混乱させて、自分以外の誰かが御柱様になれば勝利という状況です。だから、落とし穴を使うよりも、転ばせで有利になるほうが勝率が高いと賭けてみたとか？』

萌葉の言葉は確かに筋が通ってるように思えた。だが、ちがうのだ。

案《あん》の定《じょう》、すぐにかぐやが否定した。

『あら、萌葉さん、忘れてしまったかしら？　先程、会長が人形に仕掛けをしたと説明して、私は藤原さんとそれを確認したと言ったでしょう。人形は柱時計の前にあります。つまり、私はそこで藤原さんを落とせば、誰にも見られずに勝利条件を満たすことができたのよ？　それでも、あえて不合理な行動をとって転ばせに賭けたと言うつもり？』

『っ！』

萌葉が言葉に詰まっていた。

さらに続けて石上が言う。

「ちなみに僕は伊井野と一緒に柱時計の前にいたことがある。二人きりで、側には誰もいなかった。伊井野が鬼だったら、あのとき僕を落としていたはずだ」

石上は伊井野にゲームをやめて遊ぼうと誘ったときのことを思い出す。

それを断られたとき、石上は柱時計の前にいたのだ。あのとき、石上は無警戒だった。

伊井野が鬼ならば、その隙《すき》を見逃すはずはないのだ。

「それで僕と伊井野は互いを鬼ではないと考えられる。四宮先輩と藤原先輩も同じ。だけど、僕や伊井野からすると、四宮先輩と藤原先輩が口裏を合わせて嘘をついている可能性も捨てきれなかったんだ。そして四宮先輩たちから見た僕たちも同様に疑わしかったはずだ――あの、四宮先輩の鬼宣言までは」

つまり、石上と伊井野のペア、そしてかぐやと藤原のペアがあの時点では成立していたのだ。ペアは互いを信じられるが、別のペアの二人は信じることができない。ペア二組の疑いを晴らすために必要だったのが、かぐやの鬼宣言だったのである。

『それなら、石上先輩と伊井野先輩が共犯ってことも考えられるんじゃないですか？　たとえば褒美《ほうび》を山分けする密約があったとか、あとはそもそも二人のゴールが同じだったってことはないですか？　愛を得られるという褒美は、カップルにとってみればどちらが勝者となっても得られるものは同じなんですから――』

「萌葉ちゃん」

石上は萌葉の言葉を静かに遮った。

「確かに全ての可能性は排除できない。僕と伊井野が共犯ということは当然、四宮先輩たちも考えたはずだ。それを考慮したうえで、この場でもっとも怪しい人物をあげるとすれば、それは伊井野と萌葉ちゃんになると思う」

誰からも反論はない。石上は続けた。

「伊井野と萌葉ちゃんには、怪しい部分と信じられる点がどちらにもある。それならば、別の視点で二人を比べてみる必要がある。それは――どれだけ真剣に宝探しをしていたかってことだ。その点において、残念ながら萌葉ちゃんは伊井野に遠く及ばない」

『真剣に……？』

呆然《ぼうぜん》とした萌葉の声が伝声管から聞こえる。

石上は、伊井野が埃《ほこり》まみれになって隠し通路から出てきたときのことを思い出した。汚れていて、服もしわくちゃだったが、あのときの伊井野の姿は石上の心に強く焼きついている。不器用な伊井野はいつも真剣で、そのために失敗してしまうことも多い。

しかし、だからこそ石上はそんな伊井野の真剣さを信じることができた。

「鬼滅回游《きめつかいゆう》は、参加者が協力し、話しあいながら謎を解くゲームだと最初に説明を受けたよね。最初は気づかなかったけれど、実はその言葉どおり、協力と話しあいをすること自体が、自分が白である確率を高める行為に繋がっていたんだ」

石上は人狼《じんろう》系ゲームの鉄則を思い出す。

狼は、どうしても生き延びるために嘘をつく必要がある。議論の際には喋《しゃべ》れば喋るほどボロを出す確率が高くなるから、本当ならば狼は寡黙なほうが有利なのだ。

だからこそ、喋らない人物を疑えというのが鉄則なのである。

それを鬼滅回游にあてはめると、謎解きに真剣でないものを疑えということになる。

（それを考えると、僕も危ないところだった）

白銀の不在にやる気を奪われ、石上はゲームを一時離脱していた。だが、今はちがう。

こうして真剣にゲームに取り組めている自分が、石上は誇らしかった。

石上は言った。

「どうかな、萌葉ちゃん。確かに決定的な証拠はない。でも、これは警察の捜査ではなく、転ばせだ。僕たちのなかで、もっとも鬼だと疑わしい人間を選ぶための議論なんだ。その趣旨に則《のっと》れば、きみに投票することに異議を唱える人はいない。なにか反論はあるかな？」

『……でも』

萌葉の声を待ったが、それ以上言葉が続くことはなかった。

石上は少し躊躇した。だが、これが二度目なのだと思い直す。年下の女の子を御柱様に選ぶのは、昨夜すでに体験ずみなのだ。

だから石上は、迷わなかった。

「これは、全員が協力し、話しあって導き出した答えです」

石上は力強く宣言する。

「会長が残した人形のトリックと――」

石上はこの場にいない白銀に思いを馳《は》せる。最初は彼に勝ってやろうと息巻いていたのに、肩すかしを食らわされた。

それでも、その白銀の残した人形のトリックには震えた。やはり彼は尊敬すべき人物だ。いなくなったあとまで、これほど面倒見がいいのだから。

「四宮先輩の鬼宣言という、驚くべき作戦――」

日常生活においても手段を選ばないかぐやに、石上はいつも驚かされてきた。

いつだったか試験のあとに男子トイレに踏み込んできたこともあった。

あのときは石上の他にも男子生徒がいたのに、かぐやはおかまいなしだった。普段は立派な副会長として己《おのれ》を律しているのに、いざというときは風評などかなぐり捨てられるのが彼女の強みだ。

「そしてゲームに取り組み続けた伊井野の真剣な姿勢――」

学校で石上がゲームをしているといつも叱ってきた伊井野。

その彼女が言った今日の言葉を、石上はきっと一生忘れない。

(伊井野、本当におまえの言うとおりだ)

――どんなゲームでも、真剣にやったほうが楽しいに決まっている。

石上はその言葉を心から信じていた。

「それらの全てが、あなたが鬼だと証明します」

誰も見ていないのに、石上は伝声管にビシっと指をつきつけながら言う。

反論があるなら言ってみろという気合いを込めた石上に、おずおずとした声がかかる。

『……あのー、石上くん、誰か忘れてない?』

藤原が不満そうな声をあげる。

石上は少し考えてから、

「正直、藤原先輩って昨日の時点でめちゃくちゃ怪しかったんですよね。そもそも探偵役を僕に譲って大人しくしてるってのがヤバいです。だって今でもなに考えてるかわかんないし、四宮先輩の作戦がなければ藤原先輩と萌葉さんで投票が割れたと思います」

『こらこらー？　伝声管越しなら殴られないと思って言いすぎですよー』

だが事実だ。

かぐやも伊井野も、藤原を擁護する言葉を発することはなかった。

『………』

萌葉もなにも言わなかった。

藤原のおかげで、場が一気に和《なご》んだのが幸いだった。この空気のまま、投票をしてしまおうと石上は思った。その音頭を取る役目は石上が担うべきものだろう。

石上が口を開こうとしたその瞬間——

パチパチと、伝声管から拍手が聞こえた。

最初、それは萌葉がしているのだと思った。

敗北を認める言葉を口にする代わりに、拍手で石上を讃《たた》えているのだと。

だが、石上のその推理は間違っていた。

『見事な推理だ、石上会計。いや、今はこう呼ぶべきかな……石上探偵、と』

その声に石上は聞き覚えがあった。彼の声を、聞き間違うはずもない。

「会長⁉」

『えっ！　嘘⁉』

『なんで外に⁉』

石上の叫びと同時に、藤原や伊井野から驚きの声があがる。それからしばらく伝声管は混線し、誰がなにを言っているのかわからない状態になった。

（なんで会長が——どこかに閉じ込められて、連絡が取れないはずじゃなかったのか？

伝声管が使えるなら、今までなんで連絡してこなかったんだ？）

やがて伝声管が静かになってから、再び白銀の声が聞こえた。

『昨夜から感じていたが、やはりこのゲームの探偵役は石上だったな。俺も逆転を狙ったのだが、なかなかうまくいかないものだ。探偵になれなかった俺の役割は……そうだな、さしずめライバル役の怪盗といったところか？』

伝声管からは、白銀の笑い声だけが聞こえてくる。

誰もが言葉を失ってしまっていた。

『ふふ、推理合戦では負けたが、俺もゲームに真剣だからな。地下牢からは脱獄してみせたぞ。……そしてさらに、怪盗らしく、俺は宣言しよう』

白銀は高らかに言う。

『たった今、この館の財宝は俺がいただいた』

「——は？」

ぽかんとした石上だったが、白銀の言葉の意味が一瞬遅れて理解できた。

（まずい。いや、マジでそれはまずいだろ。だって、そうしたら——）

『え、だって会長って転ばせに参加しなかったから失格になったんじゃないんですか？』

『ちがうわ、藤原さん。会長が参加資格を失う条件は、転ばせに参加しないことではなく、投票をしなかったときよ。そして投票はまだ行われていない。つまり――』

かぐやの言うとおりだ。

つまり、白銀が本当に財宝を得たならば、勝利条件を満たしたということになる。

（だがブラフって可能性もある。会長は時間を稼いで、なにかするつもりなのかも――）

そんな石上の考えは、すぐに打ち砕かれた。

『悪いが、今度ばかりはブラフではない』

そんな白銀の言葉を証明するかのように、伝声管から大音量の歌が響いてきた。

†　†　†

『飛び出せ、飛び出せ。

ぽーんと飛び出せ。

御柱様の導きじゃ。

のけ者、よけ者、迷い者。

抜け出せ、抜けだせ。

穴から抜け出せ。

箱の仕掛けを開けたなら、
杜と穴の知恵者よ、
褒美は全て主《ぬし》のもの』

それは、昨夜の転ばせが終わったときに流れた歌と同じ声、同じメロディーだったが、ただ歌詞だけがちがっていた。

二日続けて行われた鬼滅回游は、最終日を待たずして、ここに終了したのである。

【二日目・その三】

全員が集まってくるまでの時間、白銀《しろがね》は椅子に座って待っていた。

食堂から運んできた椅子を柱時計の前に置いて、白銀はそこにゆったりと背中を預けている。本当は遊戯室に行けば、もっと豪華な椅子もあったのだが、さすがにそれはやりすぎだろうと思い、自重した。

「嘘っ⁉　会長、どうして……！」

最初にやってきたのは、萌葉《もえは》だった。

もっとも中央廊下に近い部屋にいたのだから当然である。駆けつけてきた萌葉は、白銀の顔を見てひどく驚いていた。

「萌葉くんが閉め忘れたんじゃないのか？　牢の鍵が開いてたから、外に出てみた」

「そんな……そんなはず……」

信じられないというように萌葉は首を振る。走ってきたためか、彼女の頰《ほお》は赤らんでいた。

「まあ、もちろん嘘だ。あの牢は、ゲームの一環として存在していた。そして、別に牢に落とされたからといって参加資格を即座に失わないことが不思議だったんだ。それならば脱獄できる方法があるんじゃないかと思ってな。いろいろ試したのさ」

白銀はちょっとした嘘をついた。

本当はラクガキを見つけたからこそ、脱獄について思考をめぐらせる余裕ができたのである。

だが、丸一日近くも地下牢に閉じ込められていたのだ。ちょっとした見栄《みえ》を張るくらいは許されるだろうと白銀は考えた。

そうしているうちに、ばらばらと他のメンバーもやってくる。

「会長！」

「あーっ、本当に箱が開いてますよ！」

伊井野《いいの》と藤原《ふじわら》が驚きながら近づいてくる。

その後ろからやってきたかぐやと、白銀の目が合った。

「会長、やっぱり脱出する策があったんですね。ふふ、私は、ちゃんとわかっていましたよ」

「ふっ、さすがだな。四宮《しのみや》ならわかってくれると信じていたぞ」

白銀はとっさにそう強がった。

（いや、あのときは本気で助けてほしかったんだが……まあ、終わったことだ。実際、こうして脱出できたんだし、少しくらい見栄張ったっていいだろ）

もしもかぐやが萌葉の要求を受け入れていたならば、こうして白銀が箱を開けるチャンスはなかったのだ。そう思えば、あのときのかぐやの判断こそが正しかったといえる。

「本当に会長だ。箱も開いてる……」

最後にやってきたのは石上《いしがみ》だった。

石上は白銀の側《そば》までやってくると、どこか悔しさがにじんだような、しかしそれでも晴れやかな笑顔をみせた。

「まんまとやられましたよ、会長」

「いや、石上こそ見事な推理だった」

男たちの間に、多くの言葉は必要なかった。

「あれっ⁉　箱の中身！　それと、文字の書いてあったガラスもないですよ！」

箱をいじり回していた藤原が、すっとんきょうな声をあげる。

じゃらじゃらと鎖を揺らしながら箱をひっくり返しているが、見つかるはずもない。中身の宝石と、ガラスの蓋《ふた》は白銀がシーツに包んで持っていた。

「ああ、それならここにある」

「えーっ！　なんで隠しちゃうんですかー。見せてくださいよー」

ぶーぶー言う藤原にちらりと視線を送ってから、白銀は全員を見回した。

「まあ待て。どうして俺が牢から脱獄できたか、そしてどうやって箱を開けたかこれから説明しよう。そのためには、実際に見てもらったほうが早い」

白銀が歩き始めると、全員がそれに着いてきた。

萌葉とかぐやの部屋を通り過ぎ、バーラウンジに入る。白銀は歩みを止めず、そのままカウンター奥の階段を下りた。

そうしてたどり着いたワインセラーでは、棚の一つがスライドし、その向こうに道が続いているのが見えた。

「わ……あんなところに隠し通路があったんだ」

昨日、木札の指示でワインセラーの整理をしていた伊井野が、しげしげと抜け道を覗き込んでいた。

「そして、ここが俺の別荘だ」

隠し通路を抜けると、白銀が閉じ込められていた地下牢だ。

萌葉と白銀以外は、初めて目にする場所に驚いている様子だった。

「うわー、会長、ここに丸一日いたんですか……」

「あ、でもちょっと快適そう。ふかふかのマットレスとかあるし」

石上と伊井野の言葉に、白銀は顔を引きつらせる。

マットレスがどれだけふかふかだろうと、それを上回る精神的苦痛が白銀を苛《さいな》んでいたのだが、それを口にするのはやめておいた。

先程からかぐやが、萌葉を今にも呪い殺しそうな目つきで睨《にら》んでいるのだ。そして、萌葉は萌葉でなぜか口を半開きにして白銀のことをずっと見つめているのである。

いろいろな意味でこの二人が怖すぎて、白銀はしばらくそっとしておこうと心に決めた。

「では謎解きの話をしよう。どうやって俺が脱獄し、そして箱を開けたか説明する」

白銀は地下牢に向き直った。鉄格子が二本だけ外れている隙間《すきま》から白銀は牢に入ると、みなを手招いた。

「中に入ってくれ。大丈夫だ。ここで閉じ込められて全滅なんてオチはない」

全員が牢に入ると、白銀は外れていた鉄格子を元の場所に戻した。

「鉄格子ははめると、力任せには外せない仕組みになっている。試してみてくれ」

白銀が促《うなが》すと、石上が鉄格子の側にやってくる。

二本の鉄格子を上下に動かそうとしてみるが、どちらも少しずつしか動かず、外すことはできなかった。

「もちろん、これには仕掛けがある。俺たちはそれを他の場面で見たことがあるな。そう、いかいかいか、寄木細工のからくり箱だ。そして、ここを見てくれ」

白銀は奥の壁に書かれた【目】という文字を指し示した。

最初に見つけたときは不気味に見えたが、今見るとそうでもない。それは、白銀がこの文字の真の意味に気づいたからである。

「これが一番わかりやすいが、実は全ての壁に体の一部に該当する文字が書かれている。鉄格子に向かって右の壁は【手】、左は【足】、天井は【頭】、床は【胴】、そして鉄格子が【口】だ。ところで、部屋や場所を体の一部にたとえる表現に、誰か覚えがないか?」

「木札の指示ですね」

白銀の問いかけに、石上がほとんど間《ま》を置くことなく答えた。

「そのとおり。たとえば俺の部屋の一枚目の木札には、こう書かれていた。【客を迎え入れる玄関は、人体に例えれば口である】とな。つまり、この地下牢の床とか壁が、館《やかた》の玄関とか遊戯室と対応してるということになる」

白銀は鉄格子を動かしながら説明した。

「そして、俺たちが昨日からずっと従ってきた木札の指示を、ここでもう一度繰り返すんだ。一号室から木札の一枚目の指示をな。一号室の四宮は、遊戯室の掃除だったから手、つまり右の壁のどこかがスライドする。そして次は二号室の圭、玄関の掃除で口、つまり鉄格子のどこかが動く。そして次は食堂の掃除で胴というふうに、全員の行動をなぞるようにすれば、正しい手順でからくり細工を解くことができるようになっているんだ」

白銀は床のタイルをスライドさせたり、マットレスにのぼり天井を叩いたりしながら、からくり細工を解いていく。そして最後に鉄格子を回すと、音を立てて外れた。

「これで脱出成功というわけだ」

おおー、と歓声があがり、誰からともなく拍手がおきた。

白銀は軽く手を上げて、賞賛に応えた。長い苦労がようやく報《むく》われた気がした。

しかし、少ししてからなにかに気づいた藤原が、「あれ？」と首を傾《かし》げた。

「あのー、ところで、今は私たちが揃ってるからいいとして、他の人の指示なんて知らないのが普通じゃないんですか？　ちょっと問題としてアンフェアな気が……」

「いい質問だ、藤原書記。その疑問に答えるのは、昨日のある事件を思い出す必要がある」

「この館で起きた最大の事件というと、会長が大変なものを盗んでしまったことですね。それは、私のここ――」

「木札が黒く染まった事件ですね」

萌葉の口を後ろから押さえて、かぐやが遮《さえぎ》って言う。白銀はうなずいた。

「そうだ。そして、俺たちはあの事件があったからこそ、【転《ころ》ばせ】でアリバイを確認するためにお互いの行動を事細かに説明しあった」

実際には、白銀が把握《はあく》していた木札の指示は一日目の分までである。だが指示にはある程度のパターンがあったので、二日目の分についても何度も試しているうちに牢を開けることができたのだった。

だが、もしも転ばせで初日の全員の行動確認をしていなければ、さすがに脱出できなかったはずだ。それが可能となったのは、あの木札の事件があったからに他ならない。

そして、木札の事件は誰の策略でもなく、元からゲームに組み込まれていたものだった。

その理由は――

「鬼を見つけるために全員の行動を把握しあう必要があったんじゃない。逆なんだ。互いい、いいいいいいい、の指示がどんなものであるか把握するためにこそ、転ばせは存在していた」

白銀たちは全員誤解していた。

転ばせというシステムがあまりに人狼《じんろう》に似通っていたから、鬼を選ぶためのものだとばかり考えていた。だが、それこそが罠だったのだ。

白銀たちは、なまじ人狼ゲームを知っているからこそ、その罠にはまってしまったともいえる。実際、人狼ゲームを知らない戦前のSのほうが、ノイズがないだけに有利だったのであろう。彼は、穴に落ちる前にすでに謎を解いていたのだ。

しかし、転ばせを経験しないと箱が柱時計から現れない仕組みになっていたため、Sはそれを試すことができないでいた。いざ箱が出てきて、それを手にしようとSが柱時計に近づいた際に、鬼であったF——おそらくは藤原の先祖——に穴に落とされてしまったのだ。

（まあ、ゲームとしてのいやらしさはさすがというべきだな。全員が仲良く謎を解こうとしても、鬼の存在がどうしても邪魔になる。謎解きだけを考えるならば、転ばせでは鬼を【御柱様《みはしらさま》】に選ぶ必要はない。だが、正しい鬼を御柱様に選ばなかったからこそ、Sは一度、穴に落とされてしまったわけだ）

鬼であったFにどのような考えがあったかまでは白銀にはわからない。Sの文面を何度読み返しても、そこまで読み取るのは不可能だった。

だから、白銀は自分にわかることを説明する。

「伝承にもあるな。『正しきことは、幾度となく繰り返すべし』、それはつまり、この地下牢の破り方を、この箱で繰り返すことにつながっている」

白銀は箱を覆っていたシーツを取り去った。

そこに現れたのは、ガラスの面が外れ、宝石が剝《む》き出《だ》しになった状態の箱だった。

「わあ！　ほんとに開いてる！　宝石！　宝石は⁉」

待ちきれないという様子で藤原が飛びついた。

そして、箱の中から宝石を取り出し、光にかざす。

「あれ？　これって……」

「ああ、それはイミテーション。つまり、模造宝石だな」

藤原は少しくすんだ赤色の宝石を手に、しみじみとうなずいた。

「なるほど。もしもせっかちさんがガラスを割って宝石を取ったとしても、結局はほとんど価値のない色つきガラスしか手に入れられないということですね。さすがご先祖様。含《がん》蓄《ちく》があります」

うんうんとうなずいてから、藤原は箱を閉じていたガラスに手を伸ばした。

「そして、こちらのガラスに書いてあった文字は――なんと⁉」

文字を読んでいた藤原が、驚愕の表情で顔をあげる。気になってのぞき込んでくる石上や伊井野にガラスを見えるように掲げながら、藤原がそれを読み上げた。

「【己《おの》が心に問いかけよ。そこに映る者との結婚を許す】……って、結婚ですよ、結婚！今よりもずっとお見合い婚が盛んな時代に、自分の心が選んだ相手との結婚を許すとは……はぁー、さすがご先祖様です。思いきりがいいというか、ロマンチックです」

ね、ね、と同意を求める藤原の顔を、白銀はじっと見つめる。

「あれ？　どうしました、会長？　そんなに見つめて……はっ、まさか会長が心に浮かべた相手って――!?」

「なあ……いつまでそのお芝居を続けるつもりだ、藤原？」

「な、なにを言ってるんですか、会長？」

わざとらしい藤原の演技にため息をつきながら、白銀は言う。

「昨日から、おかしいと思っていたんだ。普段からラブ探偵を自称している藤原が、妙に大人しかった。そして先程、俺が推理を開陳していたときも、そうだ。なぜ助手みたいなポジションに甘んじて、自分が探偵になろうとしない？　ん？」

「まあ、おかしいですよね。藤原先輩だったら、たとえ会長の説明の途中でも、答えを思いついた瞬間にドヤ顔で割り込んできそうです」

「そうですね」

「そうだよねー」

石上、かぐや、萌葉がうんうんとうなずきあい、伊井野がもじもじとうつむいた。

どうやら、誰からも反論はないようだった。

「ところで藤原、おまえは知らんかもしれないが、実はこの牢には先客がいてな」

「先客？」

白銀が壁に刻まれた文字の前に藤原を誘うと、彼女は真剣な顔で読み始める。

藤原の顔が、だんだんと青ざめてくる。

「なあ、この文章、おかしい点がいくつかあるよな」

白銀は鋭い視線を藤原に向けた。

「俺が言いたいのは『爛々《らんらん》と光り輝くあの宝石……』という一文だ。どうやらこの書き手であるS氏は、宝石をよく見る仕事についていたようだな。そして、宝石は見たことがないほどの逸品であるらしい。模造宝石が？」

「そ、それは――」

うろたえる藤原に白銀はガラスをつきつけた。

裏面からでは彫られている文字も読めない曇りガラスを――

「S氏が宝石を見たのは、穴に落とされる直前、つまり箱に入った状態だ。俺たちも曇りガラスを通じて宝石を見ることができたが、模造宝石だとはわからなかったよな。だが、S氏は見たことがないほどの逸品だと断言している。玉石混淆《ぎょくせきこんこう》、つまり偽物の宝石が市場に出回るリスクも十分に承知したうえでの断言だ。明らかに矛盾している。そして、そこから導き出される結論は……」

白銀はビシっと指を藤原につきつけた。

「何者かが、過去に本物の宝石を持ち出しているということだ。だからこそ、S氏たちが鬼滅回游《きめつかいゆう》を行ったときには中身の宝石の真贋《しんがん》が鑑定できるほどの透明なガラスだったのに、今では曇りガラスへと変更になったのだ。なぜなら、宝石を持ち出したやつはガラスを割って宝石を取り出したから――」

「ちがいます！」

白銀の説明をさえぎって、藤原が叫んだ。

「ガラスを割って宝石を取り出したんじゃありません。私は、ちゃんと謎を解いて箱を開けたんです……」

そして全員の注目が集まるなか、藤原は観念したように話し始めた。

「あれは、私が中学生の頃でした。私はピアノをやめて、夏休みを持て余していたんです。そうしたら、お祖父様《じい》がこの別荘と鬼滅回游のことを教えてくれて――」

『いいかい、千花《ちか》。この館にはね、我が家に代々伝わるゲームがあるんだよ。大地《だいち》――千花のパパが禁止するようなテレビゲームじゃないから、怒られる心配はないよ。いや、大地だって結婚する前に真帆《まほ》さんとこのゲームをやったんだから、怒るはずなんかないんだ。どうだい、夏休みの間に、この館の謎を解いてみないかい？』

藤原の祖父は、そう言って藤原に鬼滅回游の存在を教えたのだった。

そして藤原は、その魅力に取り憑かれた。

「私は、何日もこの館に泊まり込んで、全ての木札の指示を行いました。みなさんが七人で分担して行ったあれを一人でやったんです。館中を掃除して、暗号を見つけるのはすごく楽しかった。館は広くて、日中でも薄暗かったけれど、それが秘密基地みたいでドキドキしました。今思えば、私が探偵に憧れるようになったのは、たった一人でこの館の謎と向き合っていた経験があったからかもしれません」

そうしているうちに、藤原はついに全ての木札の指示を終えた。

「それで、やっと私は箱を開けることに成功しました。あれは忘れもしない、夏休みの最後の日でした。私は明日から学校が始まってしまうという憂鬱《ゆううつ》と、そしてそれまでに箱を開けられなかったらどうしようという心配から解放されて、つい興奮しすぎてしまったんです」

藤原は確かに謎を解いて箱を開けた。ガラスの蓋を取り外し、中の宝石に手を伸ばしたその瞬間であった。

「……蓋を、落としちゃったんです」

その瞬間、世界がスローモーションになったと藤原は供述した。

ゆっくりした視界のなか、蓋が廊下に落ち、そして無数の破片が飛び散っていく――

「私はなんとか祖父をごまかして、館を後にしました。だって、先祖代々の伝統ゲームの褒美《ほうび》を私が割ってしまったなんて、とても言い出せませんでした。しかたなく、私はお年玉貯金から捻出《ねんしゅつ》したお金で、箱のガラスと同じ物を職人さんに作ってもらいました……そして、文字はなんて書いてあるかわからないから、後でバレたとしても『まったく千花はロマンチックだなあ』って許してもらえるように、『結婚を許す』という意味の文章にしたんです。そして、後になってTG部に入り、人狼ゲームとかアモアスをやるようになって、どうしても見たくなったんです。リアルな若者たちの人生模様としての鬼滅回游を。ドタバタし疑心暗鬼になりながらも醜《みにく》く争うみなさんの姿を！」

「完全にデスゲーム主催者の心理ですね」

　ぼそりと石上がつっこんだが、藤原は気にせずに続けた。

「でも本来、私にはもう鬼滅回游の参加資格はありません。鬼滅回游は人生で一度しか参加できないゲーム。私はそれを暇つぶしのために、一人で使ってしまった……だから私はプレイヤーではなく、見物人として参加するしかなかったんです。それでこの旅行中、探偵帽子を封印し、ちょっと鈍感だけど可愛い助手として振る舞うことに決めたんです。そうするしか、私には残された道がなかったから……」

　よよよ、と泣き崩れる藤原に、全員の冷たい視線が注がれる。

「今思えば、四宮先輩の鬼宣言のときに、ししまトナカイでやたら僕に迫ってきたのも、それ関係ですよね？　あわよくば僕が箱を取り落としてガラスを割らないかと期待してたんじゃないですか」

「うぅ……だって、石上くんの不幸属性なら、それくらいやらかしてくれると思って。そして、落ち込む石上くん。それを優しく許す私――完璧な作戦だったんですぅ」

　こいつクズだな、と全員が思った。

「……あれ？　でも、それだとおかしくない？」

　萌葉が首を傾げる。

「姉様はガラスを同じように職人さんに作り直してもらったんでしょ？　それならつまり、曇りガラスを作り直したってことじゃん」

「そう！　そうなんですよ！　確かに私が見たとき、箱は曇りガラスだったんです。だってわざわざお祖父様に内緒にしてまで自腹を切ったんですよ！　透明なガラスから曇りガラスに変更したら絶対にバレちゃうじゃないですか！」

うがー、と両手を振り上げて威嚇《いかく》するような藤原だった。

まるで濡《ぬ》れ衣《ぎぬ》を着せられたような振る舞いだが、ガラスを割ったことは事実なので、そんな怒る権利はないのではないかと白銀は思った。

「――実は、その犯人はここにいます」

その声は廊下の奥から聞こえてきた。

藤原は驚きとともにその人物の名を呼んだ。

「圭《けい》ちゃん……と、姉様⁉」

「え⁉　なんで豊実《とよみ》姉《ね》ぇがいるの⁉」

ワインセラーから続く廊下から現れた圭は、渋る豊実の腕を取り、引きずるようにしながらこちらへやってきた。

「あーあ、見つかっちゃったー。圭ちゃん、真面目すぎだってばー」

「だってこんなに大騒ぎになって、それで千花姉ぇに全部の濡れ衣着せたままじゃすまないでしょ！　ほら、豊実姉ぇ、ちゃんと説明して！」

白銀は体育祭の観戦に来ていた豊実を見たことはあるが、会話はしたことがなかった。

だが、明らかに藤原の姉妹だとわかる顔つきをしている。

そして、彼女が口にしたことは、完全に藤原の姉妹だと理解させるに十分なものだった。

「あー、実は私も子供の頃、千花ちゃんと同じように一人でこのゲームに挑んだんだよね。でも、謎は解けなくって、最終的にはトンカチでガラスを割ったのよ。でも宝石があんまり良い値段で売れなかったから、腹いせに適当な模造宝石と安い曇りガラスにしたのよー」

「え？　でもＳ氏は相当な値段の宝石だって書いてたけど？」

萌葉が不思議そうに言うと、豊美は深くうなずいた。

「それなのよねー。お祖父様も知らなかったみたいだけど、どうも私以前にすでに誰かが宝石を売っぱらっちゃってたみたいなのよ。だから私はあんまり稼げなかったのー。それで頭にきて、作り直すときにガラスに『残念。ハズレ』って書いておいたの。だって、私だけババつかまされたら嫌じゃないー？」

「えっと、つまり……」

石上が指をおって数えながらつぶやく。

「鬼滅回游のゲームの犯人は萌葉ちゃんで、でもそれ以前に藤原先輩がガラスを割ってしまっていて文字は偽物、さらにそれ以前に豊美さんもガラスを買い換えて曇りガラスにしていて、そのまた前に藤原家の誰かが宝石を売っていた……ってことですか？」

石上は呆然《ぼうぜん》と藤原三姉妹を見つめながら、

「すげえ。全員の行動がマジでアレで、まるで**藤原先輩の見本市**ですね」

藤原の言動に慣れているはずの石上さえも、思わずドン引きするほどのインパクトだった。

「豊実姉ぇはずっと私が部屋にかくまってたんです。初日のケーキ泥棒は豊実姉ぇで、私も一緒に食べちゃいました……すみません。ゲームに関係するなんて、嘘だったんです」

反省したようにうつむく圭の肩を、かぐやがそっと抱いていた。

「いいんですよ、圭。つらかったわね」

「う、うう……昨日から本当に罪悪感でつらくて、でも言い出せなくて……ごめんなさい。ごめんなさい。ごめんなさい……」

「まあ豊実姉ぇがいたんじゃ圭も断れなかっただろうしねー。ドンマイドンマイ」

萌葉も近づいて、よしよしと圭の頭を撫《な》でている。

「あの、すみません」

おずおずと伊井野が手を挙げた。

「結局、ガラスの本当の文字は誰も知らないんですよね？　それじゃあ、箱を開けた会長が受け取る褒美って……」

「この模造宝石だろうな。藤原の適当に書いた言葉に、なんの効力もないだろ。まあ模造宝石の権利も放棄する。箱に戻しとくから、藤原の子供とかの鬼滅回游に使ってくれ」

伊井野の疑問に白銀が冷めた口調で答える。

石上が、ふむ、とうなずいて今回の事件をまとめた。

「なるほど。クソゲーでしたね」

「気づくの遅いぞ、石上」

石上の述懐に、白銀はいつもどおりの台詞《せりふ》で締めくくるのだった。

――こうして二日間かけて行われた鬼滅回游は、幕を閉じたのである。

【三日目・エピローグ】

鬼滅回游《きめつかいゆう》が予定よりも早く終了したため、三日目は自由時間となっていた。

昼前には館《やかた》を出るので、自由時間はほんの数時間だが、石上《いしがみ》はどうやって過ごそうか決めかねていた。なんとなく自室のすぐ目の前にある部屋に足が向く。

その部屋――ダンスホールには、先客がいた。

「伊井野《いいの》？」

広いダンスホールの中央にたたずんでいた伊井野が、驚いたように顔をあげる。

「石上。なんでここに？」

「いや、なんとなく」

絨毯《じゅうたん》やシャンデリアで飾られた会場を見回しながら、石上は伊井野に近づいていった。

「あのさ、伊井野……」

石上は言葉に詰まった。

伊井野と普段、どんな会話をしていたか忘れてしまったようだった。

（なんか変な感じなんだよな。最近、伊井野に怒られることが少なくなってきたせいか……静かな伊井野を前にすると、本当にこれでいいのかって気がしてくる。いや、決して伊井野に怒られたいわけではないんだけど！）

しばし、無言の時が流れる。迷った末に石上が言ったのは、こんな言葉だった。

「来週、フランス校との交流会あるじゃん」

「うん……」

伊井野はどことなく照れたように視線をそらし、前髪をいじっている。

石上は思いきって言った。

「実は僕さ——その、ダンスのステップ、全然練習してない」

「は？」

伊井野がぽかんと口を開けた。

「はあ⁉ なにやってんの⁉ あれだけ練習しておきなさいって言ったじゃない！ 私たち、生徒会役員なんだよ！ 日本の生徒の代表として見られるのに、ダンスが踊れないんじゃ話にならないでしょ！」

「悪かったよ！ だから謝ってるだろ！」

一気呵成《いっきかせい》にまくしたてる伊井野に反発しながらも、石上はどこかほっとしていた。

(やっぱりこいつ、伊井野だ)

石上は言う。

「まあ、だからさ、この自由時間を使って練習しようと思ってるんだ。せっかくだから、その——おまえもつきあってくれないか？」

「………」

伊井野は大人しくなった。

さっきの剣幕が嘘のように黙りこくる。伊井野は、たっぷりと考え込んだあと、

「うん。いいよ」

と、うなずくのだった。

「じゃあ、頼む」

「……ん」

石上が手を差し出すと、伊井野がそれに応《こた》えた。

古めかしいレコード盤に針を落とすと、ゆったりとした音楽が流れ始める。

二人はそれに合わせて静かに踊り始めた。

石上は伊井野から教えてもらったり、スマホの動画を参考にしながら、すぐにステップを覚えることができた。

もう人前で踊っても恥ずかしくないと思うくらいに上達してからも、二人は時間の許す限り踊り続ける。

ほとんど言葉もなく、ただ音楽にあわせて体を動かす。

二泊三日の旅行で、もっとも穏やかな時間が二人に流れた。


——そして、交流会当日。

せっかくステップを覚えた石上だったが、制服姿で会場に現れ、伊井野の大目玉を喰ら

うことになってしまうのだが――それはまた別のお話。

♀♀♀

「これでよし、と」

キャリーバッグに荷物を詰め込んで、圭《けい》はため息をついた。

「……豊実姉《とよみね》ぇ、もうすぐ出発するんだから、あんまり散らかしちゃだめだよ」

存在を隠さなくてよくなってからというものの、豊実の傍若無人ぶりは制御不能な状態になっていた。

食堂からくすねてきた果物や野菜の皿がテーブルを埋め尽くし、バーラウンジからもってきた酒瓶《さかびん》がいくつも床に散らばっていた。

「まあまあ、圭ちゃんも飲みなよ。大人が見てないんだからチャンスだよ?」

「飲まない」

酒臭い息に顔をしかめながら、圭は酒瓶を拾い上げ、片付ける。

自然と掃除をし始めた自分に気づき、圭はハッと顔をあげた。

「ていうか、豊実姉ぇ、なんでまだこの部屋にいるの⁉　みんなにバレたんだから、空き部屋使えばいいじゃん！」

「いやー、圭ちゃんが世話焼いてくれるから、居心地いいんだよねー、ここ」

だらだらする豊実にため息をついてから、ふと圭は気になってることを尋ねた。

「そういえばさ、豊実姉ぇ」

「ん？」

「なんで監視カメラのこと、みんなに言わなかったの？」

意を決して、圭はそれを口にした。

ずっと疑問だったのだ。圭は、白銀《しろがね》のことを監視していたことをバラすと脅されて、豊実の存在を内緒にせざるを得なかった。そのためにケーキ泥棒の汚名も着た。

昨日、全員に豊実の存在を明かしたのは、その秘密がバレると覚悟したうえでのことだった。だが、なぜか豊実は監視カメラの存在を今に至るまで誰にもバラしていない。

それが圭には不思議だった。

「んーとねぇ……」

豊実は、とろんとした目を天井に向けて、考えているようだった。少ししてから、

「だってさ、圭ちゃんが私のことバラしたのは、千花《ちか》ちゃんを守るためだったじゃん」

と言った。

そのとおりだった。

【御柱様《みはしらさま》】に選ばれた圭は、初日の夜から自室の伝声管が封印されていた。だが、昨夜のあの歌と共に伝声管の封印が解かれ、圭と豊実は伝声管越しに地下牢で行われた白銀の説明を聞くことができたのだ。

そして、藤原《ふじわら》が過去にガラスを割り、全ての黒幕だったようにみなから責められるのを聞き、圭は豊実を連れて助けに入ったのだった。

「圭ちゃんが自分のために私を売ったら、私だって圭ちゃんの秘密バラしてたと思うよ？　でもさー、圭ちゃんは千花ちゃんのためにやったわけだしさー」

だから圭ちゃんに復讐するのはちがうよねー、と豊実は笑いながら言うのだった。

「豊実姉ぇのそういうとこ、ほんとずるい」

「でしょでしょー？　よく言われるんだー」

ブイサインをしてくる豊実に、圭は苦笑するしかなかった。

（なんなんだろう、この人……てか、この姉妹って）

藤原の三姉妹は、家族の愛をたっぷり受けて育ったのだとすぐにわかる性格をしている。

圭や白銀ならば決して許されないだろうと思うミスをしても、すぐに笑ってごめんと言えるのがその証拠だ。そして、そんな生き方が、圭には衝撃だった。

（たぶん、私もお兄《に》ぃも完璧を求めすぎてたんだ。だって、お母さんが私たちに求めてたのは、それだから……でも人間は完璧じゃない。だから完璧ではない他者を許すことが、きっと私たちには必要なんだ）

「豊実姉ぇ」

「ん？」

拾い集めた酒瓶を掲げながら、圭は言う。

「いつか――私が大人になったら、一緒にお酒飲もうよ」

「もちろんオッケー。そのときはおごってねー」

そして二人は笑いあい、将来の約束をとりつけるのだった。

――後日、圭は母親との食事中、重大な人生の選択をつきつけられることになる。

その際、この旅行で豊実から学んだことが圭の背中を押すことになるのだが――それはまた別のお話。

♀♀♀

監視カメラの隙《すき》を盗み、早坂《はやさか》は窓を叩いた。

「ん？」

室内にいた白銀が早坂を見て、目を丸くした。

だが白銀は慌てることもなく窓の鍵を開け、早坂を室内に招き入れてくれた。

「どうした？　なにか忘れものでもしたか？」

「ううん。今回、いろいろと助けてもらったから、あいさつがてらお礼に……なんだかんだで私も楽しかったし。久しぶりにかぐやと一緒に寝られたし」

「そうか」

柔らかな笑顔を白銀は浮かべた。

早坂はそんな白銀に笑い返す。

「それと情報提供。かぐやが暇すぎて図書室に籠《こ》もってるから、もし時間があるなら行ってあげて」

「ん。了解」

白銀は取り澄ました顔をしているが、わずかに赤らんだ頰《ほお》から嬉しさがにじみでていた。

そんな白銀を見て、早坂はこっそりと笑みを嚙み殺す。

（これまで散々恥ずかしいことしてるくせに……）

二人のお泊まりデートの回数だって知られているのに、少しかぐやに会いに行くだけで恥ずかしがっている白銀が、早坂にはおかしかった。

（まあ、そんな二人だから応援してあげたくなるんだけど）

早坂はかしこまって頭をさげた。

「行ってらっしゃいませ、ご主人様」

「うお、なんだよ急に⁉」

部屋を出ていこうとしていた白銀が、驚いて振り返る。

「別に。もし私が使用人を続けてたら、こういう未来もあったかな、って」

「びっくりしたわぁ……マジでびびった」

どこか挙動不審になりながら、白銀はドアを開けた。

「……じゃあ、まあ、行ってきます」

「はい、行ってらっしゃい、御行《みゆき》くん。私は隙を見てこの館から抜け出すから、御行くんが戻ってくる頃にはいないかもしれないけど、気にしないで」

「了解、早坂もお疲れだったな」

白銀はそう言い残して、部屋を出ていった。

早坂はそれを見送ってから、ぽすっとベッドに腰を下ろした。

「さてと、私はこれからどうするかな」

白銀に言ったとおり、彼らよりも早く館を去るほうが早坂には楽だった。全員が出ていくときは、だいたいセキュリティー設定を強化していくからだ。だが、それ以前に抜け出そうとすると監視カメラや誰かと鉢合わせしてしまう可能性がある。

だから彼らが館を出る直前くらいに、早坂もこっそり抜け出すのが最善だった。それまでは時間を潰す必要がある。

(御行くん、妙に動揺してたな。そういえば、昨日、潜入スーツを着てたときも胸やら腰やらに視線がいってたっけ)

空き時間を使って、早坂はそんなことを考えていた。


——後日、早坂は白銀の部屋で二人きりの時間を過ごすことになる。

その際に、早坂は様々な衣装に着替え、動揺する白銀の反応を楽しむのだが——それはまた別のお話。

♀♀♀

そもそもの発端は、旅行の数日前にさかのぼる。

月影館《つきかげかん》を借りるにあたり、藤原が祖父に相談したのだ。

「というわけなんだけど、鬼滅回游以外におもしろいことありませんかね？」

藤原は中学生の頃に一人で鬼滅回游を行ってしまっている。せっかく大人数で月影館に行くのに、自分が参加できないゲームを提案するつもりは藤原にはさらさらなかった。

だが祖父は言った。

『そんなことないよ、千花ちゃん。鬼滅回游で十分楽しめるさ』

確かに鬼滅回游は人生で一度しか行えないゲームだが、それは表向きの話だ。

箱の謎解きを行わなかったり、不必要な嘘をついて場を混乱させることがなければ、こっそりと参加者に潜り込むことは許されているのだ。要は、他の参加者にネタばらしをしないように気をつければいいのだという。

謎解きに参加しなくとも、他人が右往左往するのを見るだけでも十分楽しいと祖父は語った。祖父は藤原をとかく可愛がっており、喜ばせたくてしかたがなかったのだった。

「そっかー、ありがとう、お祖父《じい》様。それなら私も楽しめそうですね！」

『うんうん。それとね、千花ちゃん。余裕だったらイースターエッグを探してみてもいいかもしれないよ』

そして祖父はその存在を教えた。

鬼滅回游には、正規のもの以外にも、様々な褒美《ほうび》が書かれた木札が隠されているのである。

それはたとえば『土星の土地の四分の一を与える』といったものや、『生まれ変わった後、王者としての生涯を送る』というような、非現実的な内容のものが多かった。

ほとんどが他愛《たわい》ないジョークの類《たぐ》いであるが、その中には実際に藤原家の財産が隠されていることもある。たとえば該当する木札を見つければ、この月影館の姉妹館にあたる別荘『月裏館《つきうらかん》』の権利を得ることができるのだ。

そのため藤原はこの三日間、大好きな推理も封印し、隠された木札を探し続けていたのだった。

「……でも結局、見つかったのは、これ一枚か」

藤原は手元の木札を見つめた。そこにはこう書かれている。

『二枚目の木札の暗号の最初の数字。その部屋にいる者と、運命を分かちあう』

藤原は何度もその木札を読み返した。

「……やっぱりこれって、そういうことですよね」

ジョーク木札ではなく、占いの類いだろう。それも恋占いに分類されるものだ。結婚を許すというような直接的な表現ではないぶん、解釈に幅があった。

「どうしよう。だって、まずいですよ、こんな――」

藤原は頭を抱えていた。

彼女の二枚目の木札の暗号の最初の数字は、六。

つまり六号室にいる白銀と運命を分かちあうと木札に書かれているのだった。

「まあ、会長に恋愛感情はこれっぽっちもありませんし、かぐやさんから略奪する気とかは一切ありませんが……あぅ～～～～～～～～どうしよう、本当……」

結局、どうするか決めきれないまま、藤原の足は自然と六号室へと向かっていた。

「すぅ……はぁ……」

藤原は廊下で深呼吸をした。それから、かっと目を見開いた。

「まあ、木札なんか関係ありません！　私は、暇な時間を利用して、会長とちょっとお話に来ただけですから――よし！」

自分に言い聞かせるようにそう言ってから、藤原はドアノブに手をかけた。

鍵はかかっていない。

藤原は元気よくその扉を開け放った。

「どうもー！　会長、お話に来ま――」

「――え？」

藤原はドアを開けた姿勢のまま硬直した。

部屋のなかにいたのは、彼女の想像していた人物ではなかった。

なぜか早坂愛《あい》がそこにいて、驚いた表情で藤原を見つめていた。

「え?」

藤原は木札に目を落とした。

『その部屋にいる者と、運命を分かちあう』

視線をあげると、なぜか早坂。

「え?」

早坂と藤原の因縁は一言で言い表すことができない。

唇を狙われたことさえあるのだ。

その早坂が今、運命を分かちあう相手として藤原の目の前にいた。

「え?」


——後日、藤原は早坂と命を懸けた逃避行を繰り広げることになる。

悪い大人に囲まれ絶体絶命の状況に陥ったり、二人で一台のスケートに乗って坂道を滑り降りたりすることになるのだが——それはまた別のお話。

♀♀♀

萌葉《もえは》へのちょっとしたお仕置きを終えたかぐやは、最後の自由時間の過ごし方に、図書室を選んだ。その理由は――

「これで、よし、と」

最後の本を動かすと、かちりとなにかがハマる音がする。

それから少しして、図書室の奥に隠し通路が現れた。

「……正解だったようね」

かぐやは微笑《ほほえ》んで、その通路の奥へと進んでいった。

彼女がこの隠し通路を見つけたのは偶然ではない。かぐやは最後の謎を解き、ここへとやってきた。

かぐやが注目したのは、伝承の最後の四行だった。

【全ての者に褒美を得る機会は与えられる。

正しきことは、幾度となく繰り返すべし。

研鑽《けんさん》は習慣となり、習慣は研鑽となる。

それはこの館を去りし後にも、ゆめ忘るることなかれ】

普通に読めばただの教訓だが、かぐやには別の意味があるように思えた。

地下牢を開けることと、箱を開ける方法は同一となっており、それが正解だった。そして、その方法が『正しきこと』であるならば、館を出たあとも幾度となく繰り返せと伝承は言っている。

つまり、ゲーム後にも『正しきこと』を行うように示唆《しさ》されているのだ。

さらにかぐやは、木札の指示に図書室関連のものが存在しないことが気になっていた。

そこで本棚を六面に見立て、昨夜白銀が行った順序どおりに本を動かしたり位置を変えたりすると、案《あん》の定《じょう》、隠し通路が現れたというわけだ。

「『全ての者に褒美を得る機会は与えられる』……たとえ理不尽に御柱様に選ばれて退場させられてしまったとしても、諦めずに謎を解けばここにたどりつけるということかしら」

どれほどの知恵を持っていても、不運や人間関係から御柱様に選ばれてしまう可能性はある。そんな誰かのための救済措置《そち》なのかもしれなかった。

「…………」

隠し通路の先には、小部屋があり、その机の上に木札が置いてあった。

かぐやは木札を手に取り、それを読んだ。

「やっぱり……というか、さすが藤原さんのご先祖様といったところかしら?」

くすくすと笑いながら、かぐやは木札を光にかざした。

そこにはこう書かれている。

『己《おの》が心に決めた相手との結婚を許す』

それは、藤原がガラスに刻んだ文章とほとんど同じ意味であった。

「正しきことは、幾度となく繰り返すべし、か」

かぐやは思わず伝承の一文をくちずさむ。

思えば、箱の開け方以外にもこの館では奇妙な反復があった。

たとえば藤原姉妹の行動だ。

萌葉はゲームの中で鬼となり、白銀を地下牢に閉じ込めるなど様々な悪事を働いた。そして藤原はこのゲームが始まる以前に箱のガラスを割ってしまっていたが、そもそもそれは豊実がそれ以前にガラスを割っていたからこそ起きた悲劇だった。

まるでマトリョーシカのような入れ子構造だ。

また、兄妹といえば白銀と圭も似たような行動をとっている。

白銀は部屋に一時的に早坂をかくまい、圭は豊実をかくまっていた。それもひとつの反復であろう。

それらの反復は、決して鬼滅回游の制作者が意図したものではなく、偶然の結果として起こった事象である。誰かが自分の利益を追求しようと画策し、誰よりも早く目的にたどりつこうと走り回り、汗をかいて努力した結果として生まれた、ただの偶然だ。

「そうね、正しい行いは、幾度でも繰り返されるべきだわ」

かぐやはつぶやいて、木札をそっと机の上に戻した。

それから小部屋を出て、かぐやは隠し通路を戻っていく。

「でもそれは、誰かに強《し》いられて行うのではなく、個人個人が考えた結果として行われるべきなのよ」

そして図書室に戻ると、かぐやは誰にも見られぬうちにその通路を閉ざしてしまった。

確かにあの木札を使えば藤原家の助力を得ることができるかもしれない。これから起こる四宮《しのみや》家とかぐやの争いに、それは大きな力となるはずだった。

しかし、かぐやはそれを選ばなかった。


——その数日後、フランス校との交流会当日。

かぐやは白銀たちの前から姿を消すことになる。

そして、白銀と生徒会の面々は、四宮家からかぐやを取り戻すために協力し、議論を重ねて知恵を出しあい、全力を尽くすことになるのだが——それはまた別のお話。

♂♂♂

白銀が図書室に行くと、かぐやが棚に本を戻しているところだった。

「四宮」

そう白銀が呼びかけると、かぐやはゆっくりと振り向いた。

「会長、どうしてここに？」

「早坂からここにいると聞いてな」

かぐやの側《そば》には本を運ぶブックトラックがあり、そこにまだ数冊の本が乗っていた。かぐやはこれを棚に戻す作業をしている途中のようである。

「手伝おう。しかし、こんなに読んだのか？」

「まさか。ちょっとした調べ物です」

ありがとうございます、とかぐやは頭をさげた。

それから二人で本を元の場所に戻す作業に集中した。

本の保存のために、図書室は日光があまり入らないように設計されていた。元から日中でも薄暗いイメージのある館であったが、ここはその中でも特に暗い。

しかし、地下牢などと違っておどろおどろしいイメージがないのは、その薄暗さが静かな図書館の雰囲気になじんでいるためだろうか。白銀たちは、落ち着いた雰囲気のなかで、黙々と作業を行った。

「あ――」

ふと、ブックトラックに乗った本を取ろうとして、かぐやとタイミングが合ってしまう。白銀の手がかぐやの手と触れあい、慌てて引っ込めた。

「…………」

二人は見つめあった。

今度は本を介さずに手が重なる。

他には誰もいない図書室で、二人の体がゆっくりと近づいて、そして――

『助けて！　かぐやさん！　会長！　誰か――誰か助けてください！』

伝声管から、藤原の声が響き渡った。白銀とかぐやはビクっと身を離した。

「な、なんだ⁉」

「藤原さん？　助けてって、なにがあったんですか？」

なにやら緊急事態の様子の藤原に、かぐやが慌てて伝声管に飛びついた。

『部屋に入ったらなぜか早坂さんがいて、私の——私の運命の人だって！　きっと私が狙われてるんです！　貞操の危機ですよ、お願い！　助けてください！』

『ちょっ——書記ちゃん⁉　なに混乱してんの！　運命の人って意味わかんない。てか私は、ただ——ちょっと聞いて書記ちゃん!!』

混乱した様子の藤原と早坂の声。

なにが起きているのかわからず、白銀とかぐやは顔を見合わせた。

それから二人は同時に吹きだした。

「なんか、こんなんばっかりだな、今回」

「ええ、同じことばかり繰り返しています」

くすくすと笑うかぐやが、手を差し出してきた。

「行きましょう、会長。みんなのところへ」

「ああ、そうだな」

白銀はその手を取って、歩き始めた。

「なんかアメリカ行っても、あいつらの騒ぎに巻き込まれそうな気がする」

「きっとそうですよ。今の時代、距離なんてあまり関係ありませんから」

白銀のぼやきに、かぐやが弾むような声で応える。

それから、かぐやは満面の笑みで言うのだった。

「私たち、こんなことをずっと繰り返していられたらいいですね」

†††

嘘をつくなと誰もが言う。

しかし、この世のいたるところに欺瞞《ぎまん》と猫かぶりと偽りの誓いと裏切りが溢《あふ》れている。

誠実、実直、正直といった道徳観念を軽《かろ》んじているわけではなく、事実として嘘をつかざるを得ない状況というのは往々にして発生するのだ。

――恋愛は戦《いくさ》。

たとえ恋人関係になったからといって、心の全てを相手に明かし、嘘偽りのない生活を送れるわけではない。

ときには嘘をつき、ときにはすれ違ったり、遠回りすることはあったとしても、それは相手の言葉の裏の裏まで読み込んで、その真意を探るために必要なステップなのだ。

それは少し立場を変えただけで、白銀とかぐやがこれまでずっと行っていたことと変わりはない。

いつまでも、幾度となく同じようなことを繰り返しながら、彼らは生きていく。

それこそが彼らなりの正しいあり方なのだと信じて——

初出　かぐや様は告らせたい　小説版　～天才たちの恋愛人狼戦～　書き下ろし

◆JUMP j BOOKS◆

かぐや様は告らせたい 小説版 ～天才たちの恋愛人狼戦～

発行日
2023年11月22日［第1刷発行］

著者
赤坂アカ／羊山十一郎

担当編集
渡辺周平

編集協力
北奈櫻子

編集人
千葉佳余

発行者
瓶子吉久

発行所
株式会社集英社
〒101-8050　東京都千代田区一ツ橋2丁目5番10号
電話＝東京03（3230）6297（編集部）
03（3230）6080（読者係）
03（3230）6393（販売部・書店専用）
Printed In Japan

デザイン
東野裕隆

印刷所
大日本印刷株式会社

ISBN978-4-08-703541-4 C0293

検印廃止

JUMP j BOOKS
http://j-books.shueisha.co.jp/

本書のご意見・ご感想はこちらまで!
http://j-books.shueisha.co.jp/enquete/